身心安顿

林清玄 著

河北出版传媒集团公司
河北教育出版社

图书在版编目(CIP)数据

身心安顿 / 林清玄著.—石家庄：河北教育出版社，2012.5（2019.3重印）
ISBN 978-7-5434-8848-9

Ⅰ．①身… Ⅱ．①林… Ⅲ．①散文集－中国－当代 Ⅳ．①I267

中国版本图书馆CIP数据核字（2012）第057900号

冀图登字：03-2012-007

书　　名　身心安顿
作　　者　林清玄
责任编辑　高群英
美术编辑　郝　旭
装帧设计　所以设计馆

出　　版　河北出版传媒集团
　　　　　河北教育出版社　www.hbep.com
　　　　　(石家庄市联盟路705号　050061)
发　　行　北京启发世纪图书有限责任公司
印　　刷　盛通（廊坊）出版物印刷有限公司
开　　本　880×1230毫米　1/32
印　　张　9
字　　数　113千字
印　　数　35001—40000
版　　次　2012年6月第1版
印　　次　2019年3月第3次印刷
书　　号　ISBN 978-7-5434-8848-9
定　　价　32.80元

目录

第二讲·慈悲的胸怀 /49

第三讲·生死的面对 /95

第四讲·禅定的人格 /133

第五讲·因缘的成就 /177

自序

向前走，走出眼前的轮回

怎样的一成不变，无关紧要的人生

到银行办事，等着叫号码的空隙，走到书报架想找一份报纸或杂志来看。

所有的书报都被拿光了，只剩下一份我从来不看的小报挂在架子上。

为了打发时间，我只好看那份小报。

有一个熟悉的名字吸引了我的注意，是一则航运新闻，特写的记者是三十多年前和我一起跑新闻的朋友。

三十几年前，他就在跑航运新闻；三十年过去了，他还在跑航运新闻。航运是新闻中的冷门路线，除非有空难或船难，航运记者几乎是报社中的隐遁者，写着一些无关紧要的新闻，过着一成不变的生活。

无关紧要了三分之一世纪，一成不变了三十几年，人生不蹉跎也难矣！

想起三十几年前我刚当记者的时候，充满了往前冲的理想与热情，如果我不转换路线、改变生涯，过了那么长的时间，或许也会那样，成为无关紧要、一成不变了。

高楼目尽欲黄昏，梧桐叶上潇潇雨。也许，没有也许，我们的生命仿如陀螺，在小圈子里转着转着，越转越慢，越转越慢……

三十年，准备倒下了。

突然叫到我的号码。

我走到柜台，遇到一个熟悉的面孔——开户的小姐，她的微笑、姿势、身材几乎没变。

但她的脸上已满是皱纹，她的头发已经半白了。

我想起当年的那个大学刚毕业的银行员，多么的青春秀丽，春风依稀十里柔情，夜月已是一帘幽梦，翠绡香减，就像是一个不动的电影镜头，镜中的人速速快转，花瓣正准备一瓣一瓣地辞枝。

在银行里，我也忍不住低喟叹息。

时间的速度是难以想象的，流年暗中偷换，你换了你的，我换了我的，有时在镜中看不清的自己，在别人的脸上却看见了。

出了银行，走过繁忙的东区街道，一大面的电视墙，正在重播昨夜的《新还珠格格》。

想到十多年前，《还珠格格》播出的时候，小儿子每到播出的时间，就会跑前跑后、跑上跑下地大喊：“格格来了！格格来了！”

现在，小儿子已经比我高出半个头，是帅气的少年了。《还珠格格》又从头来一次，人物已全改换，剧情却是还魂。

生命或许如此无奈，只是一再地还魂。

我们看到繁华街头不断往前走的人，他们的人生亦没有往前走，只是不断地回到原点，只是不停止地轮转，有的人每天跑航运新闻，一跑三十年；有的人每天按时打卡，坐在同一张银行的椅子上。大部分人的生活就是这样，每天的出门，只是绕了一圈，回到原点。

这样一想，汗毛都会竖立，人生是多么可怕呀！

云散雪清，一切明明白白

乾隆皇帝和法磬禅师坐在金山顶上，看着往来如织的江上船帆，问道：“这江上每天有多少船来往呀？”

法磬说：“只有两艘船！”

乾隆：“怎么会只有两艘呢？”

“一条为名，一条为利！”

为大名大利奔赴前程还是好的。

可叹的是，大部分人只为了谋生的小利，并未奔赴远方，反而在小小的地方打转。

轮回不是前世，也不是来生，轮回只在眼前。

如果人生不是浩荡前行，就是绕了一轮又回到原点。

蒙昧无知是活在轮回。

沉沦欲望是活在轮回。

一再悲伤是活在轮回。

失去觉知是活在轮回。

直到有那么一刻，如蝉爬出了焦土，似蝶突破了蛹壳，像蜉蝣冲过了激流，仿佛树枝抽出了新芽，浓云中飙出了闪电……终于六牙香象截断了众流，金黄狮子吼绝了迷惑，大海潮音唤醒了幻梦，眼前的轮回才露出了曙光。

菩提本无树，你的生活并没有原点，你不必一天一天回到那个局限。

明镜亦非台，这样可以活下去，那样也可以活下去，你不必非要抱着忧悲苦恼生活下去。

本来无一物，在你的左边是无常，在你的右边是无住，没有任何事物你可以带着，也没有任何，可以拥有。

何处惹尘埃？

绕着圈子是在走向空无，向前奔行也是走向空无，你的心，又何必执著？你的爱，又何必悬念？

我们歌哭无端，我们喜怒无常，我们日夜无明，无非无非，是想在生命的幽微之际找到一丝明觉。

观照到轮回的起念、追寻与终结，一切有为法，如梦幻泡影。

如露亦如电，如箭亦如梭，如风亦如弓。

如是观，一切都平息了，轮也不转，回也无悔。

云散长空雨过，
雪消寒谷春生。
但觉身如水洗，
不知心似冰清。

我喜欢贯休禅师的短诗，在云散雪消的那一刻，一切都是明明白白了。

你三十年来都跑同一条新闻也罢，你二十年来都坐同一张银行椅子也罢，你的日子一直在转圈圈也罢，只要在某一个特别的早晨，有了察觉，你的轮回在那一刻，就跨成一道彩虹！

为了窥知那道彩虹，1983 年我到山上闭关三年。

把人生，从头到尾思维一遍。

下山的时候，我写了三幅字挂在墙上：

“欲为众佛龙象，先做众生马牛。”

“红尘中，有独处的心；独处时，有红尘怀抱。”

“菩萨清凉月，常游毕竟空。若为众生故，浩荡赴前程。”

然后，开始我的演讲之旅，我在“菩提园佛化生活艺术中心”开讲，每月一场，连讲了七十二场。

一时轰动。因为演讲太成功了，我被选为当时的“台湾十大名嘴”之首。我当然不是名嘴，只是把山上悟道，如实说出，深入浅出地阐释佛教的思想。

1990 年，“洪建全基金会”的朋友来邀请，希望我更完整地讲出一套现代人可用的佛法，以疗治当时在股市、楼市、金融波动中备受打击的台北人。

于是，在台北敦化南路的永琦百货顶楼开讲了“身心安顿”，连续六星期，一张票五十元，场场爆满，听众满溢到通道和走廊。

为了安慰向隅的听众，把演讲内容整理成书出版，《身心安顿》畅销超过想象，总共印了二百版，在畅销书金榜长达十年，有三年是冠军。

这样的氛围，引出了后来的“烦恼平息”演讲。“烦恼平息”演讲是洪建全基金会、台湾“劳工事务主管部门”、台北市立图书馆共同合办的，在巨大的市图演讲厅，连讲六周，被引为佳话。

演讲完后，便将《烦恼平息》出版成书，也是加印百版，在畅销榜上十年。光是印赠劳工朋友军中朋友的就有数百万册。这是因为这两部书对生命的疑惑、生活的苦闷、生存的烦恼、情爱的伤害、莫名的忧郁……确有开化舒解的奇效。

这十二场演讲，也是我在山上闭关、思想的总结，就像种成了两棵大树，终于枝叶繁茂，花果满树。

在轮回的生活中，横跨了两道彩虹。

演讲时，我有时静默无语，有时仰天大笑，有时走来走去，有时喝茶咳嗽，从来不在一个定点，被许多人讨论和学习的此一“演讲风格”是犹其余事耳。

最最重要的是思想。

安顿和平息，是世上最大的恩赐

《身心安顿》陪伴了许多不安的心灵，找到安定的新力量。

《烦恼平息》与许多忧恼的灵魂同行，重返平静的新生活。

心净则佛土净，

息心即是息灾。

维摩诘居士也曾用如是的智慧与我们分享。

后来，版权移转了，《身心安顿》、《烦恼平息》与洪建全基金会的因缘尽了，转到圆神出版社。

新版书印成时，正好遇到1999年的“九二一大地震”，整个台湾陷入巨大的忧伤，特别是灾情重大的台中、南投地区更是哀痛无边，忧伤无助弥漫在整个灾区。

我得到圆神出版社与《联合报》的赞助，印了一大卡车的《身心安顿》、《烦恼平息》。

我就坐在卡车司机的旁边，把一卡车的书送入灾区，一乡一村地站在街头，架起麦克风演讲，讲完后，将签名的书亲手递给灾民，与他们泪眼相望，相拥互相打气。

夜里，就睡在卡车上。

那是一趟一趟艰难的旅程，也是最令人难忘的巡回演讲。

一直到把整卡车的书送完，在最后一站的组合屋前，我仰望天空，双手合十，为所有受苦受难的人祈福，我的泪才止不住地流下来。

在空调舒适、音效良好的场地，对着几千人演讲，我也会感动；但是在无边黑暗的山村、遥远的天空、响亮的虫鸣的背景下，对着十几位刚死去亲人的乡亲说话，更使我感动莫名。

这广袤的大地上，这无垠的天空下，如果，有一个人得到了安顿与平息，就是世上最大的恩赐了。

回台北的路上，载我的卡车司机说，他的妻子是慈济的会员，平常在马偕医院当义工。

他感性地对我说："林老师，这一趟和你跑灾区，使我想到17世纪的传教士到台湾来，撒播美好的种子，真是太有意义了！"

一本书、一粒思想的种子，若能于人有益，我们的寻索与探觅也就不枉了。

十六年前，我初到内地，就出版了《身心安顿》、《烦恼平息》，作为给内地朋友的献礼，当时的书名是《寻找心灵的故乡》、《漫步人生的花园》。

当时的大陆，经济刚要起飞，大部分人的心思都很单纯，忧郁、痛苦、烦恼、挫折才开始萌芽。

过了十几年，年年自杀死亡的人数超过二十五万，平均一分多钟就有一个人活不下去。在日益富足的社会，为什么越来越多的人活不下去呢？与昔日贫困相比，活不下去的不是生活，而是我们的心。

我们的心在轮回里，由于不觉悟，缺乏新的观点；由于不突破，就留在困局里；由于不感性，难以穿过僵化的认知……我们一再一再地转回原点。

轮回不是死后才开始，眼前的每一个转动，都把我们带入旋涡。唯有如曲港的跳鱼，才能看见明月如霜，好风如水，清景无限。

也唯有善翔的老鹰，在热带气旋掩至时，才能踏风扬翅，观见长河落日，秋色连波，芳草有情。

我不落入生活的轮回，轮回就奈我不得！

内地的朋友希望我重新出版这两部书，对更多彷徨、迷惑、徘徊、矛盾的心灵有所舒解。

我想起这两部书的种种因缘，也想起这两部书是我思想最初的集大成者，正是寄望有情有缘的人，能在轮回的生活中，偶有彩虹当空的一瞥！

那彩虹的一瞥，既是一朝风月，也是万古长空！

二零一一年深秋

台北双溪清淳斋

第一讲·智慧的开启

这个系列演讲的目的是希望如果有人对人生、对道、对佛、对开发自己有兴趣，在这六场演讲里可以有一个完整及简洁的概念，让我们进入一个较深层的内在世界。

我们的第一讲是“智慧的开启”，什么是“智慧的开启”呢？我们可以看到“智”的上面是知识的知，下面是太阳的日，也就是太阳一样的知。所以一般的知识并不是智，而是里面有一个光明的内在才叫“智”。因此，智不是通过学习或模仿来的，但学习、模仿对于智的开启是有帮助的，也就是开发到内在的太阳亮起时即有了智。什么是“慧”？慧字下有个心，

“慧”就是有心，一个人除了可以观照这个世界之外还要有心，这就是“智慧”。简而言之，“智”是观照的能力。因为太阳有观照的能力，这观照的能力不但可以观照光明，也可以观照黑暗。什么叫“慧”？慧就是有选择和判断的能力。一个人如果在生活里或生命里可以观照、选择、判断去走一条正确的道路，那么这个人就是有智慧的人。无论他是什么身份、地位，什么样的长相，或男、女、老、少，只要有智慧就可以走向正确的道路。

什么叫“开启”？开启就好像我们夏天喝汽水，将汽水瓶盖“啪”地一声拉开，那一刹那就是“开启”。这种开启是动作，不是意识状态。就像现在要拉开一瓶汽水的瓶盖，不必思考我要怎样拉开，而是拿起来，有一个动作去打开，这就叫做“开启”。我们先假设所有的人都已经有一瓶汽水，缺少的就是一个动作——拉开，这种拉开就是融入生命的此刻，就叫做“开启”。

在我们的生活里，大部分的人从生下来到过完一生可以分为两种状况，第一种是在青少年时代常常期待未来。例如：未来要娶一个什么样的妻子？未来要从事什么样的职业？薪水有多少？这些都是未来的盼望。从小学一直念到高中是为了要考大学，考大学是为了要谋得一个好的职业，谋得好的职业是为了要有更好的享受，然后迈向死亡。另外一种是对过去的怀想，一个人到了三四十岁常会想起过去，尤其是在独处的时候，常常想过去什么事没有做好，现在来做可能会更好，就会悔不当初。唉！当时如果像现在这么有智慧就好了，但当时却没有这样的智慧。有时想起一些快乐的、有趣的事情就会沉湎在过去里。这种情况，想起来非常的可怕，一个人的一生不是活在未来的期待就是活在过去的回忆，很少人真实地面对此刻，融入此刻。我们所谈的“开启”，就是如何来融入此刻，开发我们的智慧。

把自己的勋章擦亮

“融入此刻”在我们的生活经验里每个人都会有，但是一般的人很少去检验它或分析它。例如：今天天气很热，在外面奔跑了一天，回到家里好好地洗个澡，洗完澡坐下来听一段好听的音乐或读一本很好的书，此时是无心的，没有心思、没有意识，对未来没有期待、对过去没有回忆，处在一种无心的状况，融入此刻听这段音乐，或在洗澡时洗得很舒服，这叫“融入此刻”。处在一种无心的状态，这种无心的状态是生命中非常重要的时刻。就像我们坐公车时，挤上公车，发现整个公车上满满的人，连站的位置都没有，更别说坐了，好不容易被别人推到一个地方，正站定的时候，坐在面前的那个人突然站起来要下车了，我们就立刻融入此刻，心里立刻放松，马上有个位子让我们坐，让我们在还没坐下时就得到难以言喻的安顿。另一个例子：我们便秘三四天了，有一天突然可以大便出来，当我们蹲在马桶的那一刹那就是融入此刻，无心的、没有意识的，只是一个简单的动作。如果一个人可以常常融入此刻，生活在当下的每一刹那里，那么他的智慧就可以得到开启，这种未来与过去中间的一个时空就叫做“此刻”。

如何时时保持这个此刻呢？每一天都从零出发，每一天都诞生出来，这才是一个有智慧的人该做的事。我觉得每一个人都好像是带着勋章在街上走路，每天都带着勋章在街上走来走去，怎么样叫融入此刻的人呢？融入此刻生活的人就是随时把他的勋章擦亮，好像第一天带出门一样。

像第一天穿新衣服出门时也是融入此刻，你和你的新衣服是结合的，带着一种欢喜，希望每个人都看到你的新衣服跟你的人结合为一体。然而过了两三天之后，你和你的新衣服就产生了一点差距。再过四五天你就不想穿了，所以才会有这么多的百货公司和服装店，因为有太多的人无法随时把他的勋章擦亮。今天的题目就是希望各位可以融入此刻，随时把自己的勋章擦亮来面对这个世界，有观照力、有决断力地走向一个有力气的、活泼的、充满光明的人生道路。

认识人生的无常

如果一个人要开发智慧，这样的人要对人生有什么样基础的认识？也就是说要如何探讨、思维人生的本质来走向更有智慧的道路呢？什么是人生的本质呢？首先我们要知道人生是无常的，而人生的无常有两个观点：第一个观点就是凡生在这个世界的人都会死亡，这叫无常。就像各位现在坐在这里，有一天都会离开这个世界。第二个观点是，凡是存在宇宙间的一切事物，每一小时、每一分钟、每个刹那都在变化。但活在现在的人很少会有这样的观点，这是非常可悲的。一个有智慧的人首先要对“无常”有非常深刻的认识，否则就会浪费很多时间在一些没有意义的事情上。

有一天，我到一家银行去取钱，旁边有个老太太在排队，排到她时，她要领一笔数目很大的钱。银行的人觉得很奇怪，就问老太太取这么一大笔钱要做什么？她说：“要去买股票。”我一听，有一句话差一点说出来：“你还用得到吗？”这个老太太看起来似乎超过七十五岁了，为什么要去买股票呢？如果我像她这种年纪，在银行里有一大笔钱，我绝对不会做这样的事，因为这样的事是在浪费人生的意义，使人生没有价值。

我们是否能使自己的人生有价值呢？就要看我们对无常的态度是什么样。释迦牟尼佛曾用一个非常简单的方法来讲无常，他说，无常就是“人命在呼吸之间，出息不还，即是后世”。人的生命就好像呼吸一样，一口气吐出去吸不回来就是下辈子了。每一个呼吸是一个无常，每一个晚上睡下去没有再起来就是一个无常。不要以为我们睡下去一定会起来，根据统计，每天在这个世界上有五千多人睡着了第二天就没有再醒来了。有一天各位和我都会是这五千多人的其中之一。不要以为睡着后没有再起来是不好的，在佛教里说“五福临门”，里面有个很重要的福报叫善终。善终就是睡着了第二天没有再醒来，这是很有福报的人。有些人却没有这样的福报，像坐飞机从花莲回台北，飞机起飞本来要左转却右转，完蛋了，连睡着了再起来的机会都没有，这就是无常。

“人命在呼吸之间”表示是非常紧急的。什么叫呼吸之间呢？我记得小时候住在乡下，爸爸教我一个方法：“如果一个人被送去医院而你要观察他还有没有救，就要看他的呼吸，如果这个人吐出来的气很长，吸进去的气很短，他就没救了。”

这叫做“三长两短”，就是“人命在呼吸之间，出息不还，即是后世”。我们在医院看到妈妈生小孩，小孩子生出来第一件事就是吸一口气，然后痛哭失声，为什么会痛哭失声呢？因为他心里非常的感慨，没想到上辈子那口气吐出去，这么久才吸回来，希望这辈子不要再这样混过了。但是很快他就会忘记，因为他很快就会被这个世界的迷惑所转动，这就是无常。就像呼吸一样，那么短促。

在佛经里无常是无所不在的，每一个人随时随地都可能发生无常。佛经里说：有一只老鹰在海边飞翔，看到一只乌龟，就把乌龟抓起来，要带回去给它的儿子吃，结果它把乌龟带到一个城市的上空时没有抓好，乌龟就掉下来，当场打中一个路人的头，把他打死了。这么巧！天空这么大，乌龟这么小，人头这么小，正好掉下来，刚好打中，太不可思议了。

不要以为这是不可能的，我五年前在《中国时报》当编辑时，发生过一则新闻：有一个失恋少女，半夜两点从九楼她家的窗口跳下来自杀，当场压死一个卖粽子的人。这么巧！天空那么大，人那么小，跳下来正好压中他，而且半夜两点钟，街上只有一个卖粽子的人，怎么可能发生这样的事？这就是无常，随时随地都可能发生。如果要做一个有智慧的人，第一个观点要知道：“无常必然会来临到我的身上。”第二个观点是：

“不知道无常什么时候会来，所以我要对无常抱持一种警惕的心。”这样活着才会充满干劲，融入现在活着的时刻。如果对未来一直有计划，一直活到八十岁对未来还有计划，那么就很可怕，因为就无法真实地融入此刻。

除了警惕之外，面对无常应该使我们生起一种感恩的心，所以有智慧的人应该时常保有感恩的心。感恩的心非常重要，感恩什么呢？感恩此刻我还好好地活在这个世界上，可以思考、可以开发自我、可以追求智慧，这就是感恩的心。

两个多月前，我到台北民权东路的殡仪馆参加一个朋友的葬礼，祭拜完了，绕着棺木看朋友最后一眼时，心里非常感慨。我走出民权东路的殡仪馆，站在殡仪馆的门口就深深地吸一口气，吸这一口气时想到“人命在呼吸之间”，就觉得这口空气的味道蛮不错，因为百年以后，我就没有机会吸到这样的空气，会跟我的朋友一样躺在那里。接着想：用什么方法纪念我朋友的离开呢？于是自己一个人散步到亚都饭店一楼的咖啡厅去喝咖啡，因为我从前常和这个朋友去喝咖啡。端起咖啡喝的时候，我心里非常感恩，好好地喝这杯咖啡吧！因为百年以后再也喝不到这么好的咖啡了，这时就融入那个此刻。

人常有一种错误的观点，就是认为无常离我们很遥远，其实不远。从民权东路的殡仪馆走到亚都饭店只有五分钟的路程。再往回走是“恩主公庙”，很多人在那烧香礼拜，大部分的人是祈求生一个聪明、可爱的孩子，因为他们没想到孩子一生下来就是在一步一步走向死亡的道路。再往前走是荣星花园，很多男女在拍结婚照，没想到结婚是恋爱的坟墓，也是一步一步走向死亡的道路。我们只要十分钟就可以把民权东路走完，生、老、病、死都看尽了，无常哪有那么遥远呢？所以远近并不是一个问题，无常可能随时会发生，要有这样的概念。我记得读小学时每天要走几十分钟的路才走到学校，但很多住在学校对面的同学每天都是最后一个来。因为他常想没关系，再睡五分钟、再睡十分钟、再睡一个小时，所以这个人就永远迟到。由于我们常常有无常的警觉，所以我们在生命的约定里不容易迟到，我们就会第一个去开发我们的智慧，所以要认识到人生是无常的。

体验人身的难得

第二个对人生本质的认识就是要认识到“人身难得”。人的身体是非常难以得到的，非常了不起的。

释迦牟尼佛诞生在这个世界时讲过一句伟大的话，他说：“天上天下，唯我独尊。”作为一个人是多么值得庆幸，值得珍贵。在《楞严经》里提到过轮回是如何开始的。佛教把世界的众生分为六道众生，第一道众生叫做天人，就是天上的神。第二道众生叫阿修罗，就是威势强盛、欲望炽烈的众生。阿修罗下来就是人；人下来是畜生，就是动物；畜生下来是饿鬼；饿鬼下来是地狱。轮回是如何开始的呢？《楞严经》里说，九分想一分情的人死后投生到天道，九分的智慧一分的情欲这样的人死了到天道。七分想三分情的人死了就到阿修罗道。情想均等的人投身到人道，人的情感与智慧均等，所以人很痛苦，每天会反省、挣扎想要超越。动物就没有这个问题，动物是七分情三分想，七分的情欲只有三分的智慧，所以动物有一点点智慧我们就会很崇拜。我有一个画家朋友朱为白，他养过一只暹逻猫，这只暹逻猫自己能蹲在马桶上大便，大便完后自己按水箱开关，将大便冲走，我每次看到这只猫都对它立正敬礼。啊！了不起，这只猫怎么那么有智慧！可是对人而言却很简单，因为动物有七分情只有三分想。鬼道的众生是九分情一分想，所以我们看《聊斋志异》或鬼怪小说、恐怖电影时，鬼都是爱恨情仇非常强烈，跟随着自己的爱恨来行动，很少靠智慧，因为他的智慧很稀薄。什么样的人会堕落到地狱里呢？佛经里说纯情的人堕入地狱。什么是纯情的人？有首流行歌叫《跟着感觉走》，跟着感觉走多可怕，完全没有智慧，所以不要跟着感觉走，而是要跟着智慧走，跟着智慧走才可以得到提升。

从轮回的观点可以看到人实在是非常殊胜的。在六道里，其他的四道我们都看不到，不过我们可以随时看到生活在我们四周的一道叫畜生，也就是动物。人跟动物比有什么殊胜跟尊贵的地方？第一，动物受到环境的限制不能自在。第二，动物受到情欲的限制不能自在，情欲跟环境推动着它。

动物怎么受环境的限制？举一个简单的例子：我从前跑新闻的时候曾经到一个养鸡场采访，这个养鸡场养了两万多只生蛋的母鸡。它们都养在一长排的铁笼里，笼子很小，小到会夹到鸡的翅膀，前面是饲料的槽，后面是生蛋的槽。鸡就一直吃、一直生蛋，一直到死亡为止，都没有机会转身看自己的蛋。啊！好可怜。这些都是母鸡，我就问养鸡场的老板，有没有生过公鸡，他说有，公鸡生出来的数量和母鸡一样多。那公鸡哪里去了？他说："生下来是公鸡就把它丢到搅拌饲料的搅拌器里跟饲料一起搅拌，搅拌之后喂给母鸡吃。"公鸡更可怜，生下来还来不及叫一声就被搅得粉身碎骨喂它的妈妈、姐姐、妹妹们吃掉，多可怕！母鸡是非常可悲的，从生下来到死亡都不知道这个世界上有一种动物，名字叫做公鸡。因为受环境的限制，环境使它们变成这样。纵使有一只鸡很有智慧，它也没有机会得到自在，因为它被环境所限制。

有些人会说，像我家养的狗就很有福报，每天跑来跑去，而且也吃得很好。举个有福报的动物来看，有一天我在忠孝东路散步时，看到一位年轻美丽的小姐牵着一只狗从对面走过来，这只狗是大型的、很漂亮的贵宾狗，趾高气昂地走过来，大家都围过去看。台湾的贵宾狗都是一个样子，为什么贵宾狗的毛都要修成一个样子呢？我曾经做过研究，以前贵宾狗是巴黎红磨坊的妓女最爱养的狗，她们喜欢给贵宾狗绑蝴蝶结、穿衣服、涂指甲油，后来全世界的人都把贵宾狗打扮成这样。在忠孝东路的那只狗就是绑蝴蝶结、穿红衣服、涂紫色指甲油的样子，当大家围过去看时，这位小姐就很得意地说，她这只贵宾狗每个星期都要花一千元上一次美容院，大家都发出羡慕、赞叹的声音。但是，我注意到这只狗，它正用很悲哀的眼睛看着我，我就绕着它走了一圈，发现它原来是一只公狗呀！如果我是一只公狗，我的女主人给我这样的打扮，而且每星期上一次美容院，我也会用悲哀的眼睛看这个世界。因为它是一只公狗，它不能对它的女主人说我今天不要上美容院，这个就是动物受到环境所限。

除了环境，动物的另一个限制是情欲，动物在情欲的限制里是不能自在的。例如：在春天和夏天的时候，晚上走到阳台会听到好像小孩子啼哭，非常悲惨的声音，其实，这是猫在谈恋爱的声音。每次我听到这样的声音都对着猫说，谈恋爱一定要这样悲惨地叫吗？可不可以温柔一点？它们好像要把对方吞掉一样，猫谈恋爱就是这样子。我以前养过一只母猫，养了五个多月，它每天在家里叫春，绕室徘徊，紧张得不得了，我们关了三道门还听得到它的声音，最后只好放它出去谈恋爱。谈了一个多星期回来，全身都是伤，左边的耳朵不见了，四只脚有一只是跛的，我就照顾它、替它疗伤。过了几个月，这只母猫生了五只小猫，五只的颜色都不一样，它也不知道是跟谁生的，因为它被情欲所推动的时候完全没有反思的能力，非常可悲。不是只有母猫这样，公猫也很可怕，公猫叫春比母猫还难听。如果我们在阳台听到沙哑的、凄厉的叫声，那只就是公猫。我有个朋友养了只公猫，叫春的时候真让人受不了，最后只好带它到兽医那里阉了，阉了就不会叫，当天晚上这只公猫从他家十一楼阳台跳下来自杀了。为什么知道它是自杀？猫从二十楼跳下去还不会死，因为它会翻滚。这只猫跳下来时四脚朝天，抗议它的主人不人道的待遇。根据验尸的结果，它的脊椎骨都碎了。啊！动物被情欲所推动的时候完全没有办法自主，得不到解脱。

所以作为一个人多么了不起，比起动物在两个方面是殊胜的。一个就是在环境里有自主权，我们可以去做我们想做的事，虽然也受到某些限制。第二个是我们在情欲里面有自主权，我们可以不被情欲推动，虽然我们也有情欲。因此，释迦牟尼佛说："人身难得。"人的身体很难得到，今天我们做一个人要常思考这个问题，我有什么比动物更殊胜的，怎样在我有人身的时候来开发我的智慧，使我走向更好的道路，这才是认识人身难得的观点很重要的地方。释迦牟尼佛有一次带着他的弟子在原野间散步，散步时他抓起一把泥土问弟子："你们看是我手中土多还是大地土多?"所有的弟子都说是大地的土多，释迦牟尼佛说："对的，得人身如我手中土，失人身如大地土。”失人身如大地土很容易理解，例如：夏天时我们到野外去，来咬我们的蚊子一定比我们多。走回家把家里的灯打开，奔跑的蟑螂一定比我们家的人多。所以，“得人身如我手中土”，各位要好好地珍惜人生，开发智慧，这是一个想开发人生智慧的人第二个本质的认识。

相信因果的真实

第三个本质是要认识到因果是真实的。听到“因果”，有的人会感到很可怕，特别是一些佛教徒，信仰了佛教以后，听到因果就感到很恐惧。例如：今天上厕所突然拉肚子，会想到上辈子不知做了什么坏事，今天才拉肚子，其实可能是中午吃了一只不新鲜的虾。但是，无论如何你拉肚子一定是有原因的，这个就是因果。

举一个例子来说，各位看到眼前的这一盆花，没有一朵花是开在空中的。每一朵花的开放，有根、有种子、有茎、有叶子，最后才开放成一朵花，这就是因果。我们对因果应该有这样的认识：就是我做的任何一件事，必然都会产生结果。半年前，在看电视广告时，有一个广告讲因果讲得非常好，就是有个人拿一个鸡蛋，用稻草把鸡蛋绑起来，然后往地上一丢，“啪”的一声就碎了，接下来电视旁白说：“这个世界有很多东西即使你想尽办法去保护它，它也很容易破碎。”接下来他拿了一块黄金丢下去，“锵”一声，旁白说：“这个世界上有很多东西即使你不想保护它，它的价值也是永恒的。”这时旁边打出一行字：“请投资黄金。”这是台湾黄金协会拍的广告，讲因果讲得很好，如果你的因像鸡蛋一样，那么是很容易破碎的；如果你的因像黄金一样，是不容易破碎的。所以，一个有智慧的人要投资好的因、善良的因、光明的因、有希望的因，这个就是因果。因此经典里讲：“菩萨畏因，众生畏果。”菩萨害怕去造因，因为深切知道所有的因都会有结果；众生畏果，众生害怕结果，因为众生不知道因果的厉害。如果有个人每天抽三包烟，抽到得了肺癌，最后躺在医院时，他就会想，早知道这样，一天只要抽三根就好了，这个就是众生畏果，可是当结果显现时才发现已经来不及了。我们要做有智慧的人就要认识因果。

但有人会问，如果我们了解因果、认识因果，很可能会成为宿命论的人。其实不会，我们知道因果不但不会成为宿命论的人，反而会有一个新的创造性。举个例子，小说家琼瑶写过的很多小说里都有一句这样的对白，就是一个很英俊、潇洒的男主角对一位很温柔、美丽的女主角说：“你的过去我来不及参加，但希望你的未来是属于我的。”我们活在这个世界上，我们过去的因，自己都来不及参加了，但是希望我们的未来是属于我们自己的。希望从此刻开始，未来是我所创造的，这是认识因果的一个很重要的观点。

看清生命的痛苦

第四个对人生本质的认识就是要认识轮回是苦的，即生命是痛苦的。“生命是痛苦的”这句话相信超过三十岁的人都会有深刻的体验。生命如何痛苦呢？在佛教里将生命的痛苦分为八个根本的痛苦，是任何人都无法避免的。这八种痛苦就是生、老、病、死、爱别离、怨憎会、所求不得、五阴盛苦，五阴盛苦亦即烦恼炽盛苦。什么是爱别离？就是相爱的人有一天会别离，你的父母、妻子、儿女将来都会跟你别离；有的是生离，有的是死别。第六种是怨憎会，就是讨厌的人都偏偏跑来跟你在一起，所以你才会被人家倒会，才会去投资创投公司，才会被骗去买股票；你会讨厌你公司的主管、你的同事，这是不可避免的痛苦。第七种痛苦是所求不得，就是你买的股票都跌停板，很少涨停板，所求不得，你要求的求不到。第八种痛苦就是烦恼炽盛，烦恼像火一样燃烧着我们。不管任何人都会遭遇这种人生的痛苦，但我们要如何来面对人生的痛苦呢？

我曾写过一个故事，从前在印度有一群弟子要去朝圣，在印度，朝圣就是到河里去沐浴圣水，到庙里去礼拜、供养菩萨。去朝圣时他们问师父：“我们现在要去朝圣了，你有什么要交代的吗?”师父说：“拿这个苦瓜去朝圣。”于是弟子就出发了，到了河里，就拿苦瓜沐浴圣水；到了寺院里就供养菩萨，对着苦瓜礼拜。一开始时不觉得苦瓜有什么了不起，过了几天之后就觉得苦瓜很了不起，轮流捧着回来。拿回来后，问师父说：“师父，苦瓜拿回来了，怎么办?”师父说：“煮了当晚饭吃。”徒弟都吓了一跳，这么神圣、庄严的苦瓜竟然要吃掉，但还是煮了。师父夹第一口苦瓜的时候就感慨地说：“啊！没想到这个苦瓜沐浴了那么多圣水，供养过那么多菩萨，接受过那么多修行者的礼拜，滋味还是这么苦啊!”当场就有很多弟子得到开悟。

这个故事的意思是，一个有智慧的人并不能改变人生这个苦瓜的本质。什么叫有智慧的人？就是吃苦瓜的时候去品尝苦瓜的滋味，第一口吃了很苦，吃第二口就没那么苦了，吃第三口，苦瓜也很好吃。所以这个世界上有很多人爱吃苦瓜，因为品尝到苦瓜好吃的一面。因此，有智慧的人面对人生的痛苦跟没有智慧的人是不一样的，就是对苦、乐都保持一个很好的态度，也就是佛经里面说的：“于苦不倾动，于乐不染着。”这才是有智慧的人的境界。在快乐的时候不会被快乐所污染，痛苦的时候也不会被痛苦所倾动，且每时每刻、随处随地都好好吃人生这个苦瓜。

认识了人生的四个本质之后，现在我们要来开发我们的智慧，有哪些方法可以开启我们的智慧呢？

保持超越的心

第一个开启我们智慧的方法是保持超越的心。保持超越的心就是在人生里要常常有一个比较高、比较广大的观点，这就是保持超越的心。一听到超越，感觉就好像很难达到。其实，超越是人的本能，每个人都在本能里有超越的能力。就好像坐在这里的如果有八百个人，每个人都谈过恋爱，但现在都安然坐在这里没有去跳河自杀，就是因为大家都已经得到超越了，这个本能就是我们会在内在自然地去疗伤止痛，而超越了所遭受的痛苦跟观点。

提到情感的超越，我想起我第一次谈恋爱失败，那是二十几岁的时候，有一天在咖啡厅里，我的女朋友跟我说："我要离开你了。"那时候咖啡端在我的手上都会发抖，连要放到嘴边都拿不过来，很痛苦，意想不到。我在心里想："像我这么善良的人，怎么会遭遇这样的事情?"接下来有一段时间非常痛苦。那时候是夏天，天气很热，但都不感觉热，反而觉得很冷，每天晚上要盖五床棉被才不会觉得冷，整天都在发抖。走在街上，过马路的时候都故意闯红灯，觉得活在这个世界上没有什么意义，干脆让车子撞死算了！可是人在倒霉的时候连车子都懒得撞你，每次看到你都紧急刹车，然后下来跟你打架，就感觉到更倒霉了！

更可怕的是，短短的两个礼拜，我的头发、眉毛都掉光了，每天照镜子就好像看到一只蛤蟆一样。因为这个世界上只有两种动物没有眉毛，一种是蛤蟆，一种是青蛙。唉呀！多么可怕，没有面目见人，自己就跑到花莲去躲起来，躲了三个多月才出来，后来好不容易眉毛长出来了，才回到台北。到现在已经快二十年了，头发还没长出来。多可怕！第一次谈恋爱失败所遭遇到的打击是无法形容的。

后来又谈了几次恋爱，一次比一次的感觉好，像没有那么大的失败，最后一次谈恋爱失败也是在咖啡厅里，我的女朋友跟我说："我要离开你了。"我说："等一下，等我喝完这杯再走。"把咖啡喝完了，轻轻地放下，说："好，你走吧！"心里完全没有波动，当时我非常感慨，没想到自己的人格变得那么高超。其实不是人格变得高超，而是你常常被蹂躏、被抛弃、被践踏，习惯了也就不会怎么样了，因为慢慢在这里面疗伤、止痛，得到超越。

什么叫做超越？就是对生命有比较高和广大的观点。但是，我们生活在这个世界上不能光靠本能来超越，而是要养成一种习惯、一种方法，可以让我们有比较高而且广大的态度来面对我们生命的历程。

什么叫做比较高的观点？举个例子：有一天我从台北坐飞机到高雄去，飞机起飞后，我从飞机的窗口看出去，看到有座山很漂亮，开满了各种颜色的花朵，红、橙、黄、绿、蓝、靛、紫，奇怪，我在台北住那么久怎么没有看过这座美丽的山呢？旁边正好坐着一位很时髦的小姐，我很小心翼翼地问她："小姐，对不起！可不可以帮我看看外面是什么山？"她站起来，看了一眼，坐下来后用白眼瞪我一下，就骂我："神经！那是内湖的垃圾山啦！"啊！内湖的垃圾山为什么那么美？开满了各种花朵，因为我保持了一个很高的观点来看的关系。生命的垃圾也是一样的，如果我们常在习惯上、方法上保持一个高的观点，我们就不会被垃圾所污染，甚至能看到垃圾美丽的一面。

第二个广大的观点是，各位都去过鱼店，鱼店里有一种鱼，每一条各养在一个杯子里，这鱼的名字叫"斗鱼"。"斗鱼"要独自养在一个杯子里是因为它们很喜欢相斗；如果把两条斗鱼放在一起，它们会相斗，直到其中一条死亡为止。如果我们把斗鱼的杯子放在镜子旁边，它们会对着镜子斗，一直斗到自己死掉为止。这么喜欢斗的鱼，照理说在这个世界上应该灭种了，为什么现在还有，而且这么美丽呢？后来我发现斗鱼原来是长在河、海交界的地方，它们有划地盘的习惯。如果有一条鱼进入自己的地盘，它就去跟它斗，斗输的那条就会离开它的地盘到另外一个地方去划地盘；比较可悲的是，斗鱼划的地盘都比鱼店的鱼缸大，每次划得太大，所以不管什么鱼游进来都要去斗。这给我们一个很好的启发："可不可以把地盘划小一点？"再进一步："可不可以不划地盘呢？"只有当一个人不划地盘时，他的心胸才是广大的。随时在生命里保持广大跟高的观点，这样的觉醒，可以使我们在每一个时刻里都得到智慧的启发。

保持幸福的心

除了保持超越的心，第二个要保持幸福的心。在佛教里讲一个菩萨该具备四种无量心，这四种无量心是慈、悲、喜、舍，可惜，一般人只记得三个无量心是慈、悲和舍，忘记菩萨有个无量心叫“喜无量心”。喜无量心是喜悦无量，随时保持这样的喜悦。

为什么要随时保持喜悦呢？根据佛教的观点，这个世界是一个相对的世界。佛教有两个绝对的世界，一个是地狱，绝对的痛苦；另外一个叫极乐世界，绝对的喜乐。而人间是相对的世界，这种相对的世界叫娑婆世界；娑婆世界是堪忍的，有遗憾的意思。相对的世界会造成两个结果，第一个结果是这个世界不能绝对地按照我们的想象来建立。第二个结果就是虽然这个世界充满遗憾，但它里面有可创造的地方。有一首歌叫《我很丑，可是我很温柔》，以前很流行，每个人唱的时候都觉得唱出自己的心声。《我很丑，可是我很温柔》里面就有很大的创造性，很大的可能。我们因此得到一个结论：就是这个世界的幸福不是为某些特别的人建立的；这个世界的痛苦也不是特别加在某些人身上的。每一个人都有可能幸福、有可能痛苦。什么样的人可以得到幸福？幸福是内在的感受而不是外在的物质跟环境，我们可以幸福，可以突破一些环境跟物质来得到幸福，这种体验在我们的生活、生命里常常有。

记得小时候，我住在台湾南部的乡下，我家依大排行有十八个兄弟姐妹。我从小就很喜欢喝汽水，但是从来没有喝饱过。有十八个兄弟姐妹怎么可能让你喝汽水喝到饱？每次要喝汽水时，我的爸爸都用一种很神圣的声音说："来！大家来喝汽水。"然后就在桌子旁边摆十八个杯子，摆得很长。每一杯都只倒一点点，倒到最后一杯的时候，前面五杯都没有汽了。倒完了以后他就用一种更虔诚的声音说："好！现在大家开始喝。"我们就赶快端起来喝，"啊！汽水怎么那么好喝？"现在的小孩不能体会汽水的好喝，因为每天都在灌汽水，怎么会体会到汽水好喝呢？一直到小学三年级，我到街上去，看到一个小孩子在街边，前面摆了两个黑松汽水的空瓶子，蹲在那里打嗝。我走到那里时吓坏了，"哎呀！这个世界怎么有人那么幸福啊！"我到小学三年级还没有喝汽水喝到打嗝的经验。看到那个小孩，我在心里想："哪一天我也可以喝汽水喝到打嗝？"

过了很久，有一天，有个亲戚要结婚，在我们家办酒席。前一天晚上我就失眠了，辗转反侧不能成眠，躺在床上拍着床板说：“明天一定要喝汽水喝到打嗝，如果不喝到打嗝，就誓不为人！”哎呀！志愿多么大啊！一直等到天亮，天亮了就跑到院子看汽水送来没有，到了九点多时，汽水用卡车送来了，我就出去提了两瓶黑松汽水，一直跑到家里的茅房躲起来。为什么跑到茅房？因为从前乡下厕所离住的地方有一百多米，厕所是乡下人唯一有隐私权的地方。躲起来把门闩住，把汽水打开，一口气把一大瓶的黑松汽水灌完了，肚子已经胀起来了。但是发生了一件严重的事情，竟然没有打嗝，哎呀！到底要喝多少才会打嗝呢？不知道，因为没有这个经验。我心里好紧张，心脏都快跳出来了，第二瓶再灌下去，肚子已经饱起来，不能动了，就蹲在地板上等待打嗝。这时肚子开始响，有消息了，一口气，从内在升起来，“哦”的一口气，这口气打出来的时候我的眼泪流下来了，感慨地想：“这个世界上再也没有比喝汽水喝到打嗝更幸福的事了！”接下来每吸一口气就打一个嗝，觉得厕所的味道也蛮不错，以前怎么没有发现，心里就非常愉快。打开厕所的门发现阳光多么温暖，每个人都充满了笑意。内在极大的幸福可能只是因为喝了两瓶汽水，因此，幸福跟物质、环境、条件关系并不太大。

别说是汽水，还有更微小的事情也可以让我们得到幸福。小时候，我家养了六头牛，我们每天都要去放牛，放牛的时候都要带一个袋子去捡牛粪，因为要带回去给妈妈生火。捡牛粪不能等它晒干，所以牛在大便的时候就要在旁边等着，等它大便完了就捧着它，把它放进袋子里带回家。我现在还记得牛粪的温度，大概介于摄氏三十七度半至三十八度之间，因为有一次我的小孩发烧，我一摸他的头，温度和牛粪的温度差不多。牛粪的味道我现在还记得，有一段时间以为已经忘记了，有一天我去饶河街的夜市，走到一半看到有人在卖小麦草汁，一杯十元，就买了一杯喝，发现味道很像牛粪。我每天都出去捡牛粪，一天可以捡六团牛粪回来。有一天，我们家的牛其中有一头不知是吃了什么东西，就多拉了一团牛粪，我高兴得不得了，就把七团牛粪捡起来，很高兴地跑回家。当时妈妈正在厨房炒大锅菜，我就冲出去告诉她："妈，今天好棒！捡了七团牛粪。"我妈妈立刻停下炒菜的动作，过来摸我的头说："你怎么那么棒，让牛拉那么多的大便。"当她说完，有一股暖流从我的头顶暖到脚心，我很高兴地跑出去，整天都唱着歌。在生命里，我们得到幸福有时候只是因为多捡了一团牛粪，有时候是因为喝了一杯好茶，有时候是因为捡到一颗好石头，有时候是因为在街边偶然碰到一个知心的朋友。生命的幸福到处都在，一般人为什么无法感受到这样的幸福，就是没有喜无量心。

什么是喜无量心？就是随时把幸福的灯打开。像这个永琦百货的万象厅有很多灯，我们走进来如果是黑暗的，我们会恐惧、不安、忧愁，因为我们找不到这个房间的电灯开关。如果我们是这房子的主人，走进来知道开关在哪里，闭着眼睛走过去，“啪”一声，灯就可以打开，我们就不会恐惧、不安、痛苦跟焦虑，所以保持幸福的心能使我们得到幸福，进而使我们的智慧得到超越。

保持从容的心

第三个开发智慧的方法是保持从容的心。什么是保持从容的心？就是慢慢来，不要紧张，天塌下来也有比我们高的人撑住，所以不必害怕，这个叫做从容。

从容就是在内在里保持一个空间。现在的人比较没有空间，因为每个人都失去了从容。例如：有一天我在路上碰到一群朋友，大家要去喝咖啡，拼命走，走得满头大汗，走得好快。我说："走那么快到底要干什么?"他们说："要去喝咖啡。"我说："喝咖啡其实可以慢慢走，为什么要走那么快?"可是大家已经习惯了，不觉得从容是必要的。

什么叫"从容"？有个日本的故事可以用来讲从容。日本近代有两个伟大的剑客，一个叫宫本武藏，另外一个叫柳生又寿郎，也就是《柳生英雄传》中的柳生英雄。柳生是宫本武藏的徒弟，他第一次去见宫本武藏的时候就问师父："师父，依你看，照我的根基多久可以成为第一流的剑客?"师父说："可能要十年的时间。”“哇！十年的时间太久了，如果我加倍地努力，多久可成为第一流的剑客？”师父说：“那可能就需要二十年了。”“师父，如果我日以继夜，晚上都不睡觉，多久以后可以成为第一流的剑客？”师父说：“那你不可能成为第一流的剑客，你一定死了，日以继夜不睡觉那你一定死了。”“哎呀！师父，这不是很矛盾吗？为什么我越努力，所需要的时间越长呢？”宫本武藏就说：“现在你两个眼睛都盯着第一流剑客的招牌看，你哪里还有眼睛看你自己？所谓第一流剑客的先决条件，就是永远保留一只眼睛看自己。”当场柳生就满头大汗，得到开悟，后来终于成为日本历史上唯一与师父齐名的剑客。“留一只眼睛看自己”就是从容的心。为什么要留一只眼睛看自己，为什么要从容呢？因为这个世界不能尽如人意，有很多我们做不到的事情。那么退一步想就可能使我们从做不到的困顿里面解脱。

我们对这世界常有很多分别的执著，认为这世界应该那样，原因在于我们对这世界有固定的成见。如果我们可以把这个固定成见打破，就可以得到从容。譬如：现在有很多青年男女谈恋爱失败就要报仇，一定要杀掉对方，一定要怎么样，很气愤、很怀恨。但你有没有分析过这种怀恨有时不是真实的，那是因为我们在成长的历程里面被教育成谈恋爱失败就一定要怀恨，因为从小就深入意识里面；西方人就没有那么深的恨。如果我们反过来想，其实谈恋爱失败也可以不要有恨，这个时候生命就得到一个从容、得到一个解脱。

在我们生命里面会碰到很多成功和失败，通常我们喜欢成功，不喜欢失败。往往我们在考试落榜时就想到落榜是坏的，可是从长远生命的观点来看，可能落榜是一个转折。我们常说“失败为成功之母”，很少人想到另外一面就是“成功为失败之母”，因为没有成功就不会失败。想一想成与败的关系，我们就会有比较坦然的态度。

去年秋天，我带我的小孩逛永琦百货，百货公司里贴了很多打折的牌子。儿子问我：“爸爸，百货公司为什么贴这些牌子?”我说：“在打折。”他说：“为什么要打折?”我说：“因为要换季，所以要打折。”他又说：“为什么要换季?”我说：“夏天要换成秋天。”他问我：“什么是秋天?”我一听，吃一惊，没想到孩子连“秋天”都不知道。“要用什么方法教小孩子知道什么是秋天?”我一边想，一边就说：“爸爸请你吃冰淇淋，告诉你什么是秋天。”我就告诉他：“夏天是很热、很热的天，所以要吹冷气。冬天是很冷、很冷的天，所以要穿毛衣；春天和秋天就是不冷不热的天。”讲了半天，我的小孩突然恍然大悟，站起来对我说：“爸，我知道了，春天跟秋天就是比较凉爽的夏天和比较温暖的冬天，对不对?”“对、对!”我说。

我们大人因为受到固定观念的限制，所以认为有春、夏、秋、冬；在小孩子看来，哪有春、夏、秋、冬呢?在禅宗诗歌里可以看到很多这样的诗歌，有首诗歌是无门慧开禅师写的：“春有百花秋有月，夏有凉风冬有雪。若无闲事挂心头，便是人间好时节。”春、夏、秋、冬都很好，只要我们没有烦恼挂在心头，心里有从容的空间，四季都是好时节。另外一首是一位无名比丘尼写的：“终日寻春不见春，芒鞋踏破岭头云。归来偶把梅花嗅，春在枝头已十分。”我们每天都在找春天，找到草鞋都踏破了，找不到春天，回到家偶然嗅到梅花的香味，“啊!原来春天就饱含在梅花的内部!”这个就是从容的心。能认识到春、夏、秋、冬都很好，能认识到每一天都很好，日日是好日，年年是好年。

什么东西会带给我们生命的限制使我们不能从容?像语言。提到语言对我们的限制，便想到不久前听到一个朋友讲的一个笑话，这个朋友是画家吴炫三，他是宜兰人。他说，一百年前曾经有个基督教的牧师到宜兰去传教，传教时发生一个严重的问题，这个牧师只会讲普通话，但宜兰人没有人听得懂普通话，怎么传教呢?他就到处找翻译，后来找到一个流氓，这个流氓从前在宜兰杀过人，曾跑到大陆去，所以会讲普通话。

牧师就开了一个布道大会，开始传教。这个牧师上台说：“上帝是最伟大的。”这个流氓就翻译成：“上帝是最大尾的。”（闽南语：有权有势、背景雄厚的人物，像是政客、流氓、黑社会老大。这类的说法往往都是贬义。）牧师说：“如果我们依靠上帝，就可以免除恐惧。”流氓就翻译成：“我们如果依靠最大尾的，就不怕小尾的欺侮我们。”牧师说：“上帝说，我们要回归一如赤子才可以进天堂。”流氓又翻译成：“上帝都把我们当成小孩子，所以来时每人发一包甜糖给我们。”最后牧师说：“上帝说我们要爱惜树上的麻雀像爱惜自己的房子一样。”流氓竟翻译成：“上帝说我们若要打麻将，不用爬到树上打，在家里打就很好了。”后来宜兰有很多人不敢信上帝就是因为听到“上帝是最大尾的”，吓坏了。但是对一个流氓而言，“上帝是最伟大的”跟“上帝是最大尾的”是相等的，对我们而言是不等的，因为我们的生活经验不一样，所以我们看到语言可以带来不同的对人生的限制。其他的限制也是一样使我们得不到从容。

什么是从容？有一个禅师说得很好，他说，所谓的从容就是“残心”。“残心”就是当我们端起一杯茶来喝的时候，要有跟爱人会面时那样欢愉的心，喝完一杯茶，把茶杯放下的时候，要轻轻地放下，要有跟爱人别离时那样不舍的心，轻轻放下，不要把茶杯打破。可惜的是，在生命里我们有很多人无法得到这样的从容。谈恋爱失败时不但把自己的杯子打破，也把别人的杯子抢来打破。不是你死，就是我活，这就是没有从容的心。如果我们保持“残心”，我们就可以在生命里开发智慧，成败就不会给我们困顿。

保持生命的会心

第四个开发智慧的方法是保持生命的“会心”。什么是“会心”？“会心”在禅宗里是会心一笑。禅宗有一个公案说，禅的开始是释迦牟尼佛拈花，迦叶尊者微笑，这个世界就有了禅。那是多么美的画面，一个拈花、一个微笑。我读到这个公案时想到两个问题，第一个问题是，释迦牟尼佛拈花的时候幸好还有一个迦叶尊者微笑，如果没有人微笑，这个世界就没有禅了。第二个问题是，释迦牟尼佛拈花时，幸好只有一个迦叶尊者微笑，万一他一拈花，在场八万个菩萨都哄堂大笑，这个世界也就没有禅了。禅就是处在一种精致、微妙、会心的状态，很好、很优美的状态，这种状态就是我说的融入此刻。这种此刻的融入是超越了语言、文字的描述，是人跟人之间有很好的默契，人跟世界有很好的默契。我觉得我们活在台北市这样的地方，每天都很紧张，如何看出这种紧张？例如，我住在一幢大楼里，这大楼住了几百人，十四层，每天坐电梯的时候大家都很紧张。如果有七人挤进电梯，七个人都看向不同的方向，每个人都不互相注视。大家一致看电梯的指示灯，看到自己要到的楼层赶快冲出去，因为怕跟人沟通。我每次坐电梯心里都非常的感慨，当我刚搬进这幢大楼时，就发愿希望我碰到每一个人都对他微笑，跟他们打招呼，说："你好！"我就开始跟每个人打招呼。到后来，我们大楼的人都很怕跟我一起坐电梯，因为一进来就要笑，很累人的。有一天，我跟一个邻居一起坐电梯，一进去就发现他马上咧开嘴笑，笑得很傻的样子，我说："你为什么笑成这个样子？"他说："因为我怕你先笑！"像这样就不是会心一笑，而是傻笑。

会心一笑是心里的某一个部分、某一个机能被触动，这时才能升起智慧，就是融入生命的某一个时刻。人为什么不能融入生命的此刻呢？因为人不能专注。什么叫专注？专注在禅宗里叫当下，叫做活在眼前。用白话说，是倾宇宙之力活在眼前的一瞬，把全宇宙的力量活在眼前的这一刹那叫做专注。如果我们对人有这样的专注就会有会心一笑，对世界有这样的专注就会有会心的一笑。

我们常会发现夫妻之间比较有默契，因为互相专注；情侣之间会有默契，因为互相专注；很知己的朋友会有默契，因为互相专注。我们在生活里常会有这样的默契或会心的时刻，这是一般人都能体验的，像我在家里很喜欢喝老人茶，所以家里准备很多种茶叶，从一两三十元至一两几千元的都有，为什么准备那么多种茶叶，因为要招待不同的客人。如果有个人不会喝茶，泡一千元的茶给他喝，他会说：“怎么那么没味道?”泡三十元的茶泡得很浓，他会说：“这茶很浓！很不错!”因为他不会品茶。但是问题来了，我不能在我的茶罐上面贴标签，这是三十元、五十元、八百元，朋友看我拿三十元的，他会说：“你怎么泡三十元的茶给我喝?”所以，我只能跟我太太保持良好的默契，有朋友来，我一拈花她就微笑，她就知道：“呀！三十元来了，泡出来给他喝。”泡出来喝了宾主尽欢，这种就是专注跟默契得来的会心一笑。如果我们常常可以用这样子的专注跟默契对每一件事，就可以开启我们的智慧。

佛教里面有一个非常有智慧的菩萨，就是文殊师利菩萨，有一部经叫《放钵经》，记载文殊师利菩萨为什么会变得那么有智慧，其中用了一句非常简短的话：“文殊遇缘则有师。”文殊菩萨碰到因缘就有他的老师。多么了不起，只要我们每个因缘都用很好的、很专注的态度来面对，每个因缘都是我们的老师，我们的智慧自然得到开启。

保持梦想的心

第五个开启智慧的方法是保持梦想的心。保持梦想的心很重要，我记得小时候，老师叫我们写“我的志愿”，我就写：“我的志愿是以后要当一个作家。”结果老师把我叫去，摸我的额头看看有没有发烧，因为每个同学不是要当科学家、工程师，就是当发明家，为什么你的志愿这么渺小呢？在我成长的过程中父亲常常问我说：“你以后要干什么？”我说：“我要做作家。”他问我：“作家是干什么的？”我说：“作家就是写字寄出去，人家就会把钱寄进来。”我爸爸马上伸出手把我“盖”下去说：“世间哪有那么好的事情！”可是，如果没有成为作家的梦想，今天我就不会做一个作家，所以梦想是很重要的。各位都是家长，回家要好好培养小孩子的梦想，培养他们对这个世界的向往与企图，这样可以开发孩子的智慧。

提到梦想我就想到小时候的一件事，我小时候很喜欢看地图，由于家里很穷，不可能离开家乡，只好看地图过瘾。我常想，如果可以到台北、高雄去玩，不知道有多好！可是一直没有这样的机会，所以就看地图过瘾。我小学六年级的时候，考试考第一名，老师送我一本世界地图，我好高兴，跑回家就开始看这本世界地图。回到家，很不幸，那天轮到我为家人烧洗澡水，我家人口很多，有三十几口人，烧开水洗澡的意思就是要从中午烧到晚上。我就一边烧水，一边在灶边看地图，看到一张埃及地图，想到埃及很好，埃及有金字塔、有埃及艳后、有尼罗河、有法老王，有很多神秘的东西，心想长大以后如果有机会我一定要去埃及。看得入神的时候，突然有一个大人从浴室冲出来，胖胖的，围一条浴巾，用很大的声音跟我说："你在干什么？"我抬头一看，原来是爸爸，我说："我在看地图。"爸爸很生气，说："火都熄了，看什么地图！"我说："我在看埃及的地图。"我父亲就跑过来"啪、啪！"给我两个耳光，然后说："赶快生火！看什么埃及地图。"打完后，踢我屁股一脚，把我踢到火炉旁边去，用很严肃的表情跟我讲："我给你保证！你这辈子不可能到那么遥远的地方！赶快生火。"我当时看着爸爸，呆住了，心想："我爸爸怎么给我这么奇怪的保证，真的吗？这一生真的不可能去埃及吗？"二十年后，我第一次去的外国就是埃及，我的朋友都问我："到埃及干什么？"那时候还没开放观光，到外国去是很难的。我说：

“因为我的生命不要被保证。”自己就跑到埃及旅行。有一天，我坐在金字塔前面的台阶上，买了张明信片写信给我爸爸。我写道：“亲爱的爸爸：我现在在埃及的金字塔前面给你写信，记得小时候，你打我两个耳光、踢我一脚，保证我不可能到这么远的地方来，现在我就坐在这里给你写信。”写的时候感触非常地深。我爸爸收到明信片时跟我妈妈说：“哦！这是哪一次打的，怎么那么有效？一巴掌打到埃及去。”

这一巴掌就是梦想，如果没有梦想，一个人就不可能去实现，梦想在生命中是非常重要的东西。为什么非常重要？因为只有梦想可以使我们温暖，只有梦想可以使我们有希望，只有梦想可以使我们保持充沛的想象力与创造力。如果一个人没有梦想，这个人过了三十岁，生命就可悲了，因为生命过了三十岁开始走下坡，一步一步走向死亡的道路。“保持梦想”就是一直到死前的那一刹那都保持着向前的姿势。就像我后来学佛，希望能往生西方极乐世界，我常劝我的朋友，你们要好好念佛，要去往生西方极乐世界。有一天四个朋友打麻将，我就教他们念佛，结果有个朋友摸起一张牌说：“我保证你这辈子不可能去到那么远的地方。”因为他已经输了很多钱，心里不太高兴。我一看，唉呀！这个人怎么那么像我爸爸，怎么给我这样的保证？我的生命不要被保证，我心里就想，哪天到了西方极乐世界就要给这个朋友写信："亲爱的朋友，我现在坐在净土的莲花池畔给你写信。我的后面是阿弥陀佛，左边是观世音菩萨，右边是大势至菩萨，希望你有空来玩。我现在用的信纸、笔都是阿弥陀佛提供的，你看多好!"如果从《金刚经》的观点来看，凡所有相皆是虚妄，净土也是虚妄，极乐世界也是虚妄，但是即使它是虚妄也要保有它，因为没有它就没有希望、没有温暖、没有创造力，生命就变得非常可怕。我们常常保持这样的梦想，智慧就可以得到开启。

永远保持学习的态度

智慧开启的第六个方法，是对世界永远保持学习的态度。这个世界为什么值得我们学习？从佛教的观点来讲，每个人都是从“无始劫”就有的，所以每一个活在世界的人都是宇宙的老人，包括坐在前座的小弟弟都是宇宙的老人。所以我常在家里看到我儿子就想：“这是宇宙的老人，不要轻视他，要对他保持学习的态度。”为什么要保持学习的态度？因为每一个人都是可尊敬的、尊贵的、了不起的，如果我们没有这样的心，我们就没办法开发智慧。举一个例子：有一天我带我的小孩在台北市松山路散步，走到一半，看到一个人在卖担仔面。他有一个很大的桌子，他把十团面塞在捞子里面，放在开水中，然后把十个碗摊开摆在桌子前面，捞一下就拿起来“扣、扣、扣”，一碗面一下子就煮好了。我的小孩刚好站在面摊前面，大叫一声：“啊！爸爸！你如果跟他比赛煮面，一定输给他。”当他大叫时，所有的人都抬起头来看我，看完后都表示同意。

对呀！这卖面的真了不起！怎么煮面煮得那么快，而且又很好吃的样子。

我就想，这是教育我孩子的好机会，于是，我就用一个礼拜的时间带他去看很多东西。第二天去看人家包饺子，在我家对面，有个山东人开的饺子馆，他把饺子皮放在手掌心，旁边有个锅，锅里有馅，用竹片挖起来抹一下，三个动作，一、二、三丢出去，每个饺子都一样大，都排队。“哇！”我的儿子也是大叫一声，我说:“爸爸如果跟他比赛包饺子一定输给他。”他立刻表示同意，因为在我们家包饺子都要弄很久。后来，我带他去看人家炸油条，炸油条很好看，我跟他说：“爸爸也比不上这个炸油条的人。”我带他去看人家做皮鞋，我跟他说：“爸爸也比不上这个做皮鞋的人。因为我这辈子穿破了很多双鞋，却没有自己做过一双皮鞋。”我带他去市场看人家削梨子，削好后切成一片片，带到戏院去卖，几秒钟就削好一个梨子了。看了很多、很多人，我跟他讲，他都表示同意，是真的比不上别人呀！有一天他突然问我：“爸爸，这世界上，有没有你比得上的人?”这是个很大的问题，我说：“有啊！如果爸爸跟卖面的比赛写文章可能会赢他，你看，爸爸得了很多文学奖，文章写得很好。”他听了以后眉头一皱，沉思了一下，跟我说：“不会哦！人家煮十碗面只要几分钟的时间，你写一篇文章要写很久，怎么可以跟人家相比?”啊！当时我满头大汗，对呀！怎么可以和人家相比。我们之所以可以在这个世界上活得好好的，就是因为有很多众生用我们所不及的长处来供养我们、辅助我们，使我们走向更好的道路。所以我们要永远保持学习的态度，学习这个世界的每一个众生，学习这个世界的每一件事情。

我记得不久之前有个意大利的伟大歌唱家——帕瓦罗蒂在音乐厅演唱，一张票要两万块。这个歌唱家接受访问时，记者问他：“为什么那么会唱歌?”他讲了一个故事，他说他在三十岁的时候已经是非常有名的歌唱家了，在世界各地巡回演唱的途中，他住在旅馆里，准备睡觉了，一面想着第二天演唱的事情。这个时候他隔壁的房间传来婴儿啼哭的声音，一个小孩子在啼哭，造成他很大的烦恼，睡不着觉。这个小孩一直啼哭，哭了三个小时都没有停，帕瓦罗蒂在小孩啼哭一个小时后他就已惊觉到，哎呀！这个小孩怎么这么了不起，哭了一个小时，每一声都跟第一声一样宏亮；我唱歌唱到第一个小时都已经声音沙哑了，这小孩的哭一定有什么了不起的方法。他就坐起来侧耳倾听婴儿的啼哭，发现他的哭是很有学问的。这个小孩在哭的时候是用丹田而不是从喉咙发声，因为他还没学过怎样用喉咙，所以都是从丹田发声。结果帕瓦罗蒂就在旁边学这小孩哭，用丹田发声，他发现这小孩哭到声音快破的临界点，会把声音拉回来，所以声音不会破裂，他就学着唱到最高点，永远保持第一声那样宏亮。

帕瓦罗蒂当时就得到很大的震撼，那整个晚上就学习婴儿的哭声，结果从第二天开始，他变成世界上最伟大的歌唱家。

我记得释迦牟尼佛在他的《妙法莲华经》里面提到，他有一世曾经是一个菩萨，叫常不轻菩萨，就是“常常不轻视每一个众生的菩萨”。他的修行方法很特别，看到人就跟人顶礼说：“我相信你将来一定会成佛。”别人听了就很不高兴，跑过来打他说：“你有什么资格这样说！”他就跑到更远的地方对着那人顶礼说：“我相信你将来一定会成佛。”那个人就拿石头丢他：“哪里来的比丘，给我这么虚妄的授记。”他又跑到更远的地方对那人顶礼说：“我相信你将来一定会成佛。”那个人石头也丢不到，就算了。但是在大家都还没成佛之前，释迦牟尼已经成佛。这个故事是多么深刻，多么动人！我读到这个故事时想到，哪一天我到忠孝东路看到人就顶礼，说：“相信你将来有一天一定会成佛。”一星期以后，我可能会被捉去台湾疗养院。因为现在这个世界的人比从前的人更刚强、更难以教化。但是在心里我常做这样的祈求，并且做这样的顶礼，相信活在这个世界上的人每一个人都可以开发他们的智慧，到圆满具足的地步而成佛。今天，我在这里作一系列的演讲，就是在心里有这样的祝愿，我相信各位将来有一天都会成佛。

释迦牟尼佛在他八十岁生命里曾有三个阶段讲过三句非常重要的话，他诞生的时候说过一句话：“天上天下，唯我独尊。”他成道后张开眼睛看到星星时说：“奇哉！一切众生皆有如来智慧德相，只因妄想执著不能证得。”

第三句重要的话是在圆寂时对他的弟子说：“凡是该度的都已经度了，凡是未度的都留下了得度的因缘。”常思考这样的话可以开发我们的智慧。

第二讲 · 慈悲的胸怀

第一讲谈的是“智慧的开启”，接下来要谈的是“慈悲的胸怀”。慈悲与智慧正好是佛教的两只脚，一个人要走向圆满的道路，他必须要具备这两只脚。如果一个人有智慧而没有慈悲，他可能变成一个冷酷、无情的人；反之，若一个人只有慈悲而没有智慧，便容易变成滥好人。如何使一个人有感情？这感情是很清明的，对追求菩提道的人是非常重要的。

心的改革与创造

什么是慈悲呢？“慈”在佛教里原来的意思是“予乐”，亦即给别人快乐叫“慈”。什么叫做“悲”呢？“悲”是“拔苦”，把别人的痛苦拔起来。如果一个人可以拔除别人的痛苦、给别人快乐，这样的人就是有慈悲心的人。

我们看看“慈”、“悲”这两个字，“慈”的上面是个兹，“兹”就是如此如此、如是如是；下面是个心，所以“慈”是每个人原来都有的心，如是心。“悲”上面是个非，下面是个心，这是说“悲”是通过改革与创造而得到的心。也就是一个人本来有的慈悲心，只因生长在这样混乱的环境和时代里，被某些东西所障碍，只有通过内在新的改革与创造，才能使我们回到原来的心，回到“如是心”，所以“悲”是非心，是心的改革。就像“佛”这个字，左边是人，右边是弗，不是人就是佛。一个人如果可以完全改革他的习气，到了不是人的境界，他就是佛。一个人如果可以完全改革内在坏的习气，改革内在的非，以这样的心呈现出来，就是最真实内在的慈悲。也可以说，每个人都有慈悲心。孟子说："恻隐之心人皆有之。"每个人都有恻隐之心，恻隐之心即慈悲心。每个人都有恻隐之心，但每个人在层次上都有所不同，这种层次上的不同在佛教里叫次第，每个人慈悲的次第不一样。我们要开展慈悲的胸怀，要先认识慈悲的次第、慈悲的层次。

慈悲的初步：感同身受

慈悲的第一个层次就是感同身受。感受到别人的痛苦，希望别人不要遭受这样的痛苦；感受到别人无法解脱，希望有一点快乐给他，使他得到解脱，这叫感同身受。

说到感同身受，我想起还没有开始学佛的时候，有一次到佛光山去拍一个纪录片，住在佛光山。某日，佛光山的住持法师请我们吃饭，四个在家人和八位师父同坐一个圆桌。正等着上菜时，突然看见空中有一只蚊子在飞，我就起了一个念头：这只蚊子千万不要叮到我这里来。当下一想的时候，这只蚊子立刻像直升机紧急降落似的停在我的胸前，说时迟、那时快，我的自然反应是把手举起来，“啪”地把它打得粉身碎骨，粘在胸前。几乎同时，我前面的八位师父同时站起来，合掌念了一声“阿弥陀佛”。当时我非常惭愧，恨不得挖一个洞钻进去，这样的事怎么会发生在我的身上？哎呀！太丢脸了。为什么我们看到一只蚊子，生起的第一个念头是“给你死”？看到一只蟑螂、看到一只苍蝇、看到一只老鼠也是一样。而师父生起的第一个念头为什么是“阿弥陀佛”呢？因为我们无法感同身受，无法感觉到这样一掌打下去蚊子会痛苦，会结束它的生命，会使它重新进入到轮回，从此以后，我看到蚊子就先“阿弥陀佛”而不是“给你死”了，这就是感同身受的表现。

感同身受里面还可以细分，我们对于因缘深的人比较容易感同身受。例如：当我们的爸爸、妈妈生病或太太、丈夫、亲戚及朋友生病的时候，我们比较可以感受到他们的痛苦，因为我们跟他们的因缘比较深，而这样的痛苦使我们常生起一个念头：但愿我可以分担他们的痛苦，或者让他们的痛苦全部由我来承担。这是悲心的第一步，对因缘深的人产生悲心。这种悲心第一可以净化我们，第二可以促进我们的觉悟。在原始佛教里有部《良马喻经》，释迦牟尼佛说道：这个世界上有四种良马，就是有四种好的马，第一种良马是主人骑上去不需要打它，它就可以自己前进，它可以按照主人的意念去到主人想去的地方。第二种良马是主人把鞭子拿出来时，它看到鞭影才会前进。第三种良马是主人把鞭子打在它身上，它感到痛才会前进。第四种良马是主人打了也不会前进，非要打到头破血流它才会前进。这是四种良马。这世间也有四种善男子，第一种善男子是在这个世界上还没有听到有人生病、死亡就生起觉悟的心。第二种善男子是听到这个世界上有人死亡，这个人跟我们关系虽不密切也产生觉悟的心。第三种善男子是听到有某个亲戚、朋友死亡而生觉悟的心。第四种善男子是至亲死亡而生觉悟的心，就像爸爸、妈妈、妻子、儿女死亡生起觉悟的心，看到无常。这四种人叫四种善男子，第五种就不是善男子而是恶男子，因缘那么深的人产生痛苦都没有觉悟，就不叫善男子。由此可以看到，确实在因缘里是有深浅的，要我们生起慈悲心，比较容易的是跟我们因缘深的人。

第二个比较容易让我们感同身受的是看到悲苦的人。例如在路上看到乞丐。我们常去医院也可以生起慈悲心，如果常去政府部门就不容易生起慈悲心，因为悲苦和快乐带给我们不同的结果。感同身受只要我们在生活里时常保持观照，观照别人的痛苦，就容易生起慈悲的心。

记得有一次我到台南县的北门乡去采访一所乌脚病防治中心，看到那里有几十个人躺在床上，这些人的手、脚都被切除，因为得了乌脚病是无法医治的，一定要将手、脚切除，否则很快就会死去。我走进医院时印象非常深刻，一直到现在，画面都还很清楚地呈现出来。有几十个人躺成一排，手、脚都没有了，非常痛苦地在那里呻吟。当我走进这房子时发现整个医院是密闭的，所有的窗帘都拉下来，我觉得很奇怪，这么好的阳光，为什么这些人要躲在阴暗的地方？我看到墙边有一根拐杖，就顺手把它拿起来将窗帘拉开，拉开时阳光就照进来，当阳光照进来时，所有的乌脚病的病人都呼号惨叫，奇怪？为什么照到阳光会呼号惨叫？这时里面的医生、护士都跑过来，围着我把我痛骂一顿，并跟我说，乌脚病的人只能生活在摄氏二十六度的气温里才不会那么痛苦，如果天气太热，他们立刻感受到痛苦，而天气太冷，他们也是一样的痛苦。啊！我当时受到非常大的震撼，这样的人只能生活在摄氏二十六度的气温之下，我坐在床边流下了眼泪，这就是感同身受，感受到别人的痛苦烙印在我们的身上。这是第一种慈悲心的层次。

产生平等的心

第二种慈悲心的层次就是产生平等的心。方才提到我们对悲惨的人容易有慈悲心，对位高权重的人则较不容易有慈悲心，因为我们的心不平等。如果我们的心平等，就会发现每一个人的内在世界都是非常柔软的，都是跟我们一样的。

举个例子：过去我约有十年的时间一直在做报导文学，有一天我觉得妓女很可怜，应该去报导妓女的生活。那时候北投还没有废娼，我就独自跑到北投去，跟北投的警察说，我想采访这里的妓女，可不可以找到一个侍应生户让我住进去，那个警察就摸我额头说："你有没有发烧？去住在里面做什么？"我说，我想报导她们的生活。可是找了很多人，他们都不让我住进去，后来找到北投的一个单位，叫做北投女侍应生联谊会，那个会长的名字叫庄严，我就对他说，我很想到你们这里住住看。他说，好啊！我帮你安排。找了很多家，终于找到了一家可以让我住在里面。

我去的时候，她们正好围在一桌吃饭，我就对她们表明来意。妓院的老板把桌上的一杯啤酒端起来，喝了一口，递给下面一个喝，后来每个人都喝了一口，剩下半杯时，她说："你把它喝下去。"我拿起来，义无反顾地喝下去，喝下去后她们就同意我住下来。当天，我就住在一个有十五个妓女的房子里。然后，她们开会决定让我睡在中间，其他的人则睡在两边。哇！当天晚上我就失眠，很紧张，不知道会发生什么事情。我为什么会做出这么荒谬的事呢？当时就有点后悔，但后悔也没有用，已经来了。第二天开始，每天早上我就跟随这些侍应生去烫头发、修指甲、买菜，下午的时候就陪她们去出馆，出馆就是到饭店做生意。这样过了几天，她们就认同我，常常忘记我是外面的人。礼拜六很多妓女都出去做生意，到了晚上她们都喝醉了回来，回来了就在里面吐。有一天我就跟她们讲，讲我从前的一些生活经验，讲我小时候遭遇到的很多苦难，很多妓女听了都同情地流下眼泪，说："你怎么那么悲惨！"然后每个人都说："我也很悲惨，我讲我的故事给你听。"结果每个人轮流讲故事给我听，我把它们记录下来，每个人讲的都是非常好的故事，这些故事使我知道，一个人会走入不好的命运，跟整个社会、整个环境都有关系。当我把整个报导做完后，便离开了北投侍应生户。

有一天，我的朋友林怀民在中山纪念馆跳“薪传”，他送我两张票，当我收到这两张“薪传”的票时就想，另外一张要请谁看？我想起从前在北投认识的一个妓女，这个妓女从小就很喜欢艺术，可是在她长大的过程里都没有机会接近艺术，我如果将这张票寄给她，她一定很高兴。后来我将这张票寄给她，约她在中山纪念馆看表演。我们两人一起去看“薪传”，看完了走出来，这个妓女站在中山纪念馆的台阶前流起泪来，一哭不可收拾，本来是站着哭，再来就坐着哭，最后就趴着哭，我就问：“林怀民的舞真的那么感动你吗？原因到底在哪里？”这女孩子对我说，她做妓女已经八年了，以前都是接日本客人，每回日本客人来，都喜欢来中山纪念馆，她就陪他们来中山纪念馆参观，而每次都会看到一些衣冠楚楚的人排队入内欣赏艺术表演，那时她心想：“我这辈子如果有机会能进入中山纪念馆看一场表演，不知是多么幸福的事啊！”结果那一天她的愿望实现了。她讲完了以后，换我坐在中山纪念馆的台阶哭。

多么感人啊！我们可以看到，不管什么样的人，他的内在都是非常柔软、非常有人性的。作为一个人，在某一个部分我们都是平等的，我们不会比一个妓女更高级或更低级，而是和她们处在一种平等的状态。我们要认识到众生都有感性的、柔软的一面，这时就比较容易进入到众生的世界。

再讲一个例子，有一次我看到一则报导，花莲有一个“未婚妈妈之家”，我看了很兴奋，这不知是个什么神秘的地方，我一定要去采访，于是就一个人跑到花莲去。找到“未婚妈妈之家”，是一幢两层楼的白色建筑，我去敲门，有一个女人出来开门，我问她，可不可以住进“未婚妈妈之家”，那个人很凶地对我说，你下辈子再来吧！就把门关起来。可是不能因为这样就放弃我的报导，于是我在不远的地方租了一间房子，每天都到“未婚妈妈之家”门前徘徊。租房子给我的房东看到我的行踪非常可疑，就问我：“你到底和里面的查某做了什么事？不敢负责，租个房子在这里做什么？”我也没有办法告诉她，我租房子是要做报导。有一天，看到一个大肚子的女人走出来，我赶紧跑上去说，对不起，我很想写你们的故事，你可不可以告诉我你的故事？可能因为我的态度诚恳，感动了这位女孩子，她说，好啊！我们一起到海边去，我讲我的故事给你听。于是我们就到海边去，她讲她的爱情故事给我听，为什么会怀孕、为什么不要这个孩子，生下来要把他丢掉……听完后，我非常感动，就坐在海边流泪，这女孩子拍我的肩膀说：“其实也没有那么令人感动，不要哭、不要哭。”我就说：“你可不可以介绍里面的未婚妈妈跟我认识，我很想知道她们的故事。”她说可以。里面有十一位未婚妈妈，她每天帮我介绍一位，接下来的十几天，每天都有一位未婚妈妈陪我到海边说她的故事，多么有趣、多么快乐的事情。等我作完报导回到台北，有一天，接到一通花莲的电话，有一个女孩子在医院生了。我从台北赶到花莲去看她，到了医院，我向护士打听一位叫××的产妇，那位护士听了立刻变了脸色，抓住我的衣领，说：“你是不是叫做林清玄?”我说：“是啊！你怎么知道我的名字?”她说：“因为那位产妇在生的时候，一直叫着你的名字。”她又说：“这个孩子是不是你的？要不要带回去养?”我说：“不是，这个孩子不是我的。”结果讲了半天也讲不清楚。后来，我就去看她生的孩子，她生了一对双胞胎。我就想到，这一对双胞胎将来长大以后，会被不同的父母领养，他们可能一辈子再也见不到他们的母亲，心里就非常悲伤。这件事给我一个很大的震撼，这震撼就是人与人之间的沟通是有可能的。如果我们可以用平等的心来对待这个世界的众生，众生也会用平等的心来对待我们。在我从前作采访的过程里，常有这样的体会，例如：我到矿坑里，深入地底三千米，跟矿工一起挖煤矿，一句话都不用说，只要把工具拿起来挖煤矿，所有的矿工都会跟我变成朋友。这叫平等的心，就是没有分别的心。这是慈悲心的第二个层次。

完全开放的心胸

我们有了平等的心来对待这个世界时，就会有一个开放的心胸，所以开放的心胸是慈悲心的第三个层次。生活在现代社会的人，大部分的人通常无法有开放的心胸，对别人保持戒心、防备、怕别人伤害我们，相同的，别人也怕我们伤害他。因此，大家的距离就越来越遥远。

在读小学时，有一件事对我影响很大。小时候因为我住在山里面，要走很远的路去上学。上一年级的时候，有一天我去上学，因为走很远，走到的时候，我们班上男、女的座位都已经分好了，教室里只剩下一个座位在最后一排。我走过去，老师说，这就是你的座位。我坐下去，站起来时发现在我旁边的女生比我高出一个头还多。我看了吓一跳，怎么分一个这么高大的女生坐在我旁边，而且看起来很凶悍的样子。分好了之后，所有的小朋友都开始找粉笔，在桌子中间画一条线，互相规定不可以超过这条线。跟我坐一起的这个女生，性格特别凶悍，她不但画线，画好了之后还拿出一把小刀在桌子中央割一条缝，又警告我："千万不要超过这条缝。"我听了吓一跳，所以上课的时候都不敢坐正，尽量坐在旁边。后来戒心越来越小，就把椅子越来越往中间挪。上了一个学期后，有一天，是冬天，冬天穿长袖的衣服睡午觉，睡醒的时候，发现我右边的长袖整个不见了，我很紧张，一直到现在我还想不通如何把一个人的长袖剪掉而不会割到他的手。我一直找我的长袖，找不到，就问旁边的女生："对不起！你有没有看到我的袖子?"她手伸进抽屉把我的袖子拿出来丢到我的脸上，说："没有把你的手割掉已经很不错了。"当时我就想，哎呀！怎么有这么凶悍的女生，一定要想办法报复她。

想什么办法报复她呢？用口香糖粘她的裙子，这种报复太小儿科了，没意思；用绳子把她的裙子绑在椅子上，好像也没意思。这件事造成我很大的苦恼，因为想不出用什么方法来报复她。有一天，在我家的仓库看到了一条蜈蚣，大概有一尺长，哇！我高兴得不得了，赶紧把这条蜈蚣抓起来放在盒子里，心想，这一次会吓死她。第二天上学，我就把蜈蚣放在她抽屉里，心里很得意，坐在那儿等着看好戏。这个女生一来，把盒子拿出来，翻开，发现是一条蜈蚣，"啪"一巴掌就打下去，把蜈蚣打碎了，哇！当时吓得我发抖，好恐怖，幸好我不是这条蜈蚣。怎么办？有什么办法可以报复她？好像想不出什么好办法了。接下来的一个学期，两人都处在紧张的状况，都不敢睡午觉，而且坐得远远的，怕对方报复。后来我想这样也不是办法，一定要有开放的心胸。我要先睡觉她才会睡觉，我要放松，她才会放松。我假装睡觉，这个女生看我睡觉她也就睡觉了。

有一天，等她真的睡着时，我就从口袋里拿出一把剪刀，这把剪刀已经在我的口袋放了三个月了。这个女孩子留了两条很长的辫子，我就轻轻地把她左边的辫子拿起来，“咔!”一刀就断了。剪的时候心脏都快跳出来了，剪下来后把它放在抽屉里，假装睡觉。等到铃声响的时候，这个女生醒来，到处找不到辫子，就问我：“你有没有看到我的辫子?”我就很冷静地把手伸进抽屉，把她的辫子拿起来，丢到她的脸上说：“没有把你的头剁掉已经很不错了。”哇！她就大哭大闹、大吼大叫。这使我知道，即使是很剽悍的女生，她的内心都是非常脆弱的，心里就在窃笑。接下来很不幸，从前乡下的体罚还很严重，我的老师把我全身的衣服脱光，站在讲台上鞭打，害我一个月不能坐椅子。

你看，在小学，人都还没有接受到这个社会的污染时，就已经互相有了戒心，不能沟通。我记得小时候跳土风舞的时候都不敢牵女生的手，每次都准备一支筷子放在口袋。跳土风舞时就拔出来，有些特别害羞的同学，就捡一根树枝插在衣服里面，跳土风舞时拔出来，好像摸了女生的手就会触电一样。多可怕，一个年纪很小的孩子就无法有开放的心胸，随时害怕别人会电到他，若他长大的过程中学到更多的防备、封闭，就无法开放自己。

有一天晚上，我从台北市的敦化南路口走路回家，那时已经半夜一点多了，发现忠孝东路所有的铁门全部都拉下来，那时走在忠孝东路上，觉得这个城市是个很丑怪的城市。为什么每一家店都用铁门，铁门是非常丑的东西，铁门都是蓝色的，完全不透风，没有光线，有的又生锈了，这时我想："这个铁门事实上反映了我们这个城市的人心。每个人都把自己封闭起来，因为怕别人伤害他，也怕自己去伤害别人。因此，开放是非常困难的，你要对人好也很困难。"

我刚搬到现在住的地方时，因为我很喜欢烹饪，就去学烹饪，可是我很忙，没有办法按照课程表去学，由于是三个月一期，我就问老师有没有办法在两个星期之内把烹饪学会，他说："如果你一天做八道菜，就可以在两个星期内学好。"我立刻报名，想利用两个星期的假期把烹饪学好。早上去就开始学，但下午回家时发现一个很严重的问题，因为每天有八道菜要带回家。在开车回家的路上想，这八道菜要怎么办？想着就想到送给我的邻居吃，他们一定会很高兴，因为这是我亲手做的。回到家，我就把菜端着，从住家的二楼开始按门铃，有人开门，我就说："对不起，我是住在楼上的，这盘菜送给你们吃。""神经病！"通常他们会这样骂，然后就把门关起来。奇怪，怎么会这样？就试试看三楼，结果整幢大楼没有一个人敢吃我的菜。并不是我长得特别难看，而是大家害怕这菜里有毒，当然，如果有一个陌生人突然端一盘菜来，对我说，这盘菜送给你吃，我也不敢吃。

可是，我们想想，在二十年前、三十年前的乡下，我记得我妈妈以前包粽子都包得很多，这一捆给谁吃，那一捆给谁吃，别人拿去都很高兴，没有一个人会拒绝。这使我思考到一个很可怕的问题，越来越工业化，越来越都市化，使人的心灵越来越封闭。我相信有很多人在他的楼里住一辈子也不认识他的邻居，这是多么可怕。如何来突破这一点，首先就是自己要有个开放的心灵来接纳别人，别人才可能接纳你。我经过很长久的努力，现在我端菜去给我的邻居，他们都很高兴，并相信我不会害他们。开放的心灵使我们可以生起更大的慈悲心，这是慈悲的第三个层次。

无缘大慈，同体大悲

慈悲的第四个层次，亦即佛经里讲的很高的层次，就是“无缘大慈，同体大悲”。“无缘大慈”的意思就是无论和我有没有缘的众生，我都对他一样的慈悲；“同体大悲”就是说，认识到这个世界的众生都是同体的，然后去实践慈悲。其实这个同体的认识并非那么困难，例如，我们可以认识到我们现在所穿的衣服都不是自己做的；我们回到家吃的饭，都不是自己种的稻子；我们穿的皮鞋都不是自己做的；我们住的房子不是自己盖的；我们开的车也不是自己造的。也可以说，我们的衣、食、住、行都是和这个世界同体的，这里面没有分别。我们不可能跟这个世界分开，如果跟这个世界分开，一天都不可能活下去。

对这个现象，有一次我感触非常深刻，三年前，台北有一次很大的台风叫做琳恩台风，琳恩台风来时住在松山区的人都知道，松山区淹水淹得很厉害。我家住在松山区，水淹到大腿，淹了很久都没有消退，当时家里的冰箱都没有菜了，太太、小孩都没有饭吃，怎么办？我灵机一动就想到，买方便面和矿泉水回来煮，因为家里停电又停水。我涉水跑到杂货店问老板："有没有方便面和矿泉水？"他说："卖光了。"就跑到第二家，第二家也卖光了，第三家也卖光了，第四家、第五家都卖光了，当时心灰意冷，为什么五家店都买不到方便面和矿泉水？到第六家，我问老板："有没有方便面？"他说："还有一箱。"我听了很高兴，赶快买下来，然后问："有没有矿泉水？"他说："卖光了。""那我怎么吃方便面呢？"老板说："你买两瓶黑松汽水回家煮也一样，味道还不错。"没办法，只好买两瓶黑松汽水回家煮，晚上就吃汽水煮方便面。我在饭桌上点一根蜡烛，吃的时候，眼泪都要流下来了。我感慨地想："如果没有这个世界的众生和我们生活在一起，我们连要好好地吃一包方便面都不可能呀！"这时就知道这个世界是同体的，没有分别；我们的一切都来自众生，我们所贡献的心力都可以带给众生一些贡献。

我们可以得到一个结论："没有众生就没有我们，如果没有同体的观念，会给我们的生命带来很多的困扰，还会给我们的生命带来很多的悲剧。"如果我们要使这个社会、这个世界得到幸福，一定要靠大家的扶持。为什么？因为人在命运里是非常渺小的，常常无法抗拒命运，就像一个台风来就没有东西吃一样。命运对我们这种压迫使我们无法抗拒，我自己有一次很深刻的体验。

学校毕业时男生都要去当兵，发生过一次这样的事情：有一天我去检查身体，跟很多人去排队检查。我记得那时候是在一个大礼堂里，前面排着一排桌子，后面都坐着面无表情的军官。我们拿着身体检查表一个一个地检查，大家都一面聊天、一面检查。轮到我走到一位军官桌子前面时，这位军官突然对我讲一句话："蛞勒。"（闽南语）我说："蛞勒是什么?"他说："蛞勒啦!"我说："蛞勒啦是什么?"因为前面都讲普通话，突然讲一句闽南语就听不懂。他大声地说："笨蛋，蹲下啦!"我就赶快蹲下，站起来的时候，发现他拿了一个很大的印章盖在我的身体检查表上。我探头一看，上面写四个大字"反应迟钝"。当时我吓了一跳，就赶快把表抢过来，说："我不是真的那么迟钝，因为你刚刚讲'蛞勒'我真的听不懂，'蛞勒啦'更不懂。"这位军官就很严肃地跟我说："少废话，后面还有人要检查。"我就拿着身体检查表往前走，心里非常悲伤，像我这么善良的人，怎么会遭遇这种事?

后来，到训练中心去受训，因为我们是大专兵，大专兵受训时要考试，做智力测验，这智力测验很重要，如果考得好的人可以分到飞弹部队或者空军，考得不好就分到野战部队或者海军陆战队。我就想，我已经反应迟钝了，智力测验一定要考好。于是我和旁边的人说，智力测验我们来作弊，写完后互相交换考卷，大家都一口答应。开始智力测验了，一共有一百多题，原来说好每个人写三十题就交换。当我写完三十题后，踢前面的桌子，前面的不理我；踢右边的桌子，右边的也不理我，就连左边的也不理我；可是智力测验的时间很短，一下子铃声响了，考卷就被收去；发下来，我的 IQ 是二十三，考二十三分。那时中山室前面有一个大的挂表，上面写着智力测验一百分以下、七十分以上是低能；七十分以下到五十分是白痴；五十分以下就没有了。奇怪，我到底是哪个范围的？不知道，只有二十三分，心里就很着急，怎么办？反应迟钝，IQ 又不行。我赶快跑去找部队的辅导长，跟辅导长说，我要来自首，他问，为什么来自首？我就告诉他我反应迟钝、IQ 不好其实原不是这样的，但都讲不清楚。花了一个多小时跟他讲为什么会变成这样，这个辅导长很严肃地一直听，拍拍我的肩膀叫我站起来，跟我说："林清玄啊，人笨没有关系，只要努力就有出头的一天。"就把我推出来。站在辅导长室的门口，我都呆住了，怎么办？到底有谁可以投诉？命运怎么这么荒谬？所以在训练中心时，大家都把我看成白痴。

所有的人都把你看成是白痴，照镜子的时候就越看越像。譬如，要出操时，我的班长就问我：“林清玄啊，你会不会拉单杠?”那时已无法抗辩，我故意说：“报告班长，单杠是什么?”他说：“你不会拉单杠没有关系，你会不会数一、二、三、四?”我说：“会，会，会。”他说：“别人做引体向上时，你就在旁边数一、二、三、四。”我说：“这个我会。”于是部队里只要出公差，挑粪、挖水泥都派我去。有一天，我的排长把我叫去，说：“林清玄，你去寄信。”我说：“好啊!”排长就问我：“你会不会寄信?”我说，寄信我会。他说：“寄信是有学问的，不是像你想的那么简单。”他就从抽屉里拿了两沓信出来，告诉我：“好好地注意听，这一沓有红红的要丢到红色的筒子里，这一沓没有贴红红的丢到绿色的筒子里。”后来，我就拿了这两沓信到邮筒，心里很气，就把有红红的丢进绿色的筒子。

等到从训练中心出来，就分发部队，果然分发到野战部队。新兵报到的时候，排队去见营长，营长看到我的资料，翻了一下，看了我一眼，就跟旁边的人说：“把这个人分到养猪场去!”结果就被分到养猪场养猪，到了养猪场我才发现，养猪场里有很多像我一样的人在那里养猪。那时候，我有个朋友在《联合报》编副刊，写信给我，叫我帮他写些文章，我好像写得不错，奖金发到部队时，营长看到这笔奖金：“咦！林清玄，我的部队有这么杰出的人，我怎么不知道?”全营集合，一个一个点名，竟然点不到我，后来才找到我在养猪场里养猪。营长就把我叫去，说：“你好大的胆子，为什么跑到养猪场去养猪?”我说：“是你把我派去的。”营长说：“你把到养猪场去的前因后果说给我听。”我就开始讲为什么我反应迟钝、为什么 IQ 二十三、为什么你只看了我一眼，没有仔细看我是一个聪明的人就把我分到养猪场去，讲了差不多四十分钟。在讲的时候，我的营长表情很严肃，等我讲完了就站起来，大声对我说：“你好大的胆子，竟敢在军队里伪装白痴，立刻把他送到禁闭室。”结果就把我的兵籍号码、鞋带抽掉，送到禁闭室关禁闭。关禁闭时，我每天都做噩梦惊醒，这样的命运怎么会遭遇在我的身上，没有人可投诉，没有人可抗辩。

那时我感觉到，在这个世界每一个人在遭逢厄运的时候，他是完全不可能抗辩的。这是短短数个月发生的事情，如果把它拉长，在人生里我们会发现，人生有很多无可抗辩的时候。这时，什么样的人能使我们渡过难关呢？那就是同情我们的人、理解我们的人、愿意站在我们立场想的人。这个人可能是你不认识的，这就是“无缘大慈，同体大悲”。如果我们有这样的认识，就比较容易生起慈悲的。

我们和这个世界并不是分隔的，依照佛教的说法，凡是投身到这个世界的人都是不完全和不圆满的人，所以佛教把这个世界叫“娑婆世界”。“娑婆世界”就是“堪忍”的世界，“堪忍”就是还可以忍受的世界、有缺憾的世界、不圆满的世界。不圆满的人就会投身到这里来，因为人人都不圆满，所以人人都需要慈悲。我们要慈悲自己，也要慈悲别人，也希望别人可以慈悲我们，这样的慈悲可以带来一个很重要的力量，就是使在幸福里生活的人可以珍惜现在的生活，使不幸的人可以渡过难关。就像我常接到很多读者的来信，如果这个读者是处在一个很悲惨的状况，晚上我都睡不着觉，立刻给他回信，叫他千万不要自杀，死了，什么都没有了，一定要站起来面对这个世界。我们要知道，每一个人的生，每一个人的死，都和我们紧紧结合在一起。

更纤细柔软的心灵

在了解慈悲的次第之后，要如何拓展慈悲的胸怀呢？也就是在方法上如何使自己更慈悲？使自己慈悲的第一个方法是使我们的心更纤细、更柔软、更能体贴众生，这种纤细和柔软是来自清明的心灵，而这种清明的心灵世界使我们可以看到众生的苦和众生的快乐。在我旅行采访的过程里，我的背包里常放的一些东西就是：一部照相机、一台录音机和一个笔记本。在旅行时我常做笔记，并将我观察到的、听到的，拍下、录下后带回来。

我有一次非常深刻的体验，有一天我到北港的牛墟，也就是北港的牛市场。去的时候，天还没有亮，就坐在旁边看人把牛牵过来，要拍卖这些牛。我坐在树下，看到一只母牛带着一只小牛在树下吃草，我就坐在那里听牛的叫声，母牛和小牛在那里非常温柔地对话。我就把录音机按下去，把母牛和小牛对话的声音录下来。到了七八点时，母牛和小牛就被牵走，牵去做什么呢？这些卖牛的人为了增加它们的体重，把牛的脖子拉长，用一个漏斗插进牛的喉管，然后把一些饲料塞进去，一直塞、一直塞。我问那个人，为什么要这样塞？他说，这样会比较重，能卖更好的价钱，而且看起来也比较肥。我心里非常难过，当他在灌饲料的时候，牛的脖子被噎住，开始惨叫，我又把这个声音录下来。后来买牛的人来了，母牛和小牛正准备要被拍卖，这时它们的声音改变了，因为牛知道它们要被拍卖，所以母亲好像很细心地叮咛它的小孩，告诉它以后被拍卖了要如何、如何；这只小牛就说，妈妈你放心，我一定会自己照顾自己，我又把这个声音录下来。拍卖时，它们被卖给不同的买主，当人把母牛和小牛拉开的时候，它们惨叫的声音都变了，我也把这个声音录下来。带回来后，每次在夜里听牛的叫声时，我都忍不住要流泪。如果有很喜欢吃牛排的人来我家，我就放给他听，听了之后，他从此不敢吃牛排。

我们之所以无法理解到众生的痛苦，是因为我们没有足够清明和柔软的心，如果我们的心很柔软，我们就可以听到众生的对话。牛的声音千变万化，跟人是一样的，为什么我们不能理解呢？如果我们听到猪在临死前的惨叫，就会知道，猪也有感情，而且它的感情是非常纤细的。

有一年的时间，我住在台北县的大溪和莺歌中间的一个地方，叫桥仔头，我们住的后山有一片相思林，我常到相思林去散步。每次去的时候，都看到相思林上停了很多麻雀，这些麻雀都是在那里跳来跳去，一直叫，在那里吵。我就想：这些麻雀真是奇怪，每天都在讲一大堆没有意义的话；在那里跳、吵、叫。直到有一天，我改变了想法。那一天黄昏的时候，我坐在窗口喝咖啡，看到一只母麻雀带着四只小麻雀飞到我的窗前。怎么知道是母的跟小的？因为母麻雀的颜色比较黑，也比较瘦，小麻雀比较胖，颜色比较白。它们在那儿唧唧喳喳讲话，原来是母麻雀在教小麻雀怎么样飞到草上才不会掉下来。怎么知道它在讲这些话呢？我坐在那里看，母麻雀讲了半天以后自己飞起来，飞到芒草上停住，秋天的风很大，它停在那里摇来摇去，然后回头跟小麻雀讲了一段话，接着小麻雀就一只一只飞上去，飞到芒草上面。小麻雀不太会飞，飞上去，停在芒草上一下就掉下来了，母亲见了就讲一段话，回到原来的地方，说："你们再来一次。"又飞上去，示范给它们看。这些小麻雀又再来一次，这样飞了很多次，一直到所有的小麻雀都能停在芒草上为止。我看了非常感动。我们每天听麻雀的叫声，以为它的叫声是没有意义的，这时看了才知道它是有意义的，是一个母亲在教育它的孩子。后来这些小麻雀都可以在芒草上动来动去也不会掉下，很高兴地对它说："谢谢妈妈的教导。"

然后它们就“哗”一声飞走啦！当时我发现我的咖啡都冷了，刚刚是一个多么感人的画面。

第二天清晨，我在吃早餐时，看到昨天看见的一只小麻雀，它飞到窗前，自己张开翅膀，飞到摇动得很厉害的芒草上停住，很高兴地在唱歌。我就听到它在歌里唱了八个字“天上天下，唯我独尊”，当时我非常的感动。一切众生的语言和声音都是有意义和有价值的，只是因为我们的心不够纤细和柔软，无法去体贴它们罢了。

这种体贴，我记得在佛教里有部经典讲慈悲和体贴讲得很好，就是佛在讲他的《本生经》，从前轮回的故事。佛从前有一世名叫啖子，啖子是非常慈悲、非常孝顺的人，经典上讲他的慈悲用了六个字——“践地唯恐地痛”，走在地上都害怕地会痛，当然是非常温柔地走在地上。看了以后，我一个礼拜不敢写稿，写文章唯恐笔痛。这个慈悲多么深刻啊！我们为什么没有这样的慈悲？因为我们的心还不够柔软。如果我们的心够柔软，会发现连地都会痛、草也会痛、花也会痛，更别说有情的众生。

在佛教里有个伟大的菩萨叫龙树菩萨。这位龙树菩萨是大乘八宗之祖，大乘佛法的八个宗派都是他传下来的。龙树菩萨修行得很好，到他晚年时，他修了一种法叫“不死瑜珈”，也就是你拿刀砍他，他不会死；你把他丢到悬崖下，他也不会死，总之他就是不会死。有一天，他被强盗抓去，强盗把他绑在树林里，抢了他的东西后拿刀要将他砍死，当刀砍到他的脖子上时，“锵”一声，砍不死，强盗都吓一跳，轮流来砍他，但怎么砍都砍不死。这时龙树说：“我已经练得不死瑜珈，所以你们杀不死我，但是有一个方法可以让我死，只要拔起地上的一把青草放在我的脖子上，就可以把我砍死。”强盗问：“为什么呢？”龙树就说：“因为我这一生所有的业都已经清净了，只有一个业没有清净，就是我在年轻时，曾经斩杀过一片青草，这个业还未还清，所以你们把草放在我的脖子上，砍下去我就死了。”强盗说：“好，我们来试试看！”就把一把青草放在他的脖子上。“啪！”一下就把龙树砍死了。看到这经典时使我们震撼：这些强盗是哪来的？原来是这一片青草中的虫，经过很久以后转生的。

斩杀一片青草都会带来很大的罪业，而最大的伤害是自己柔软的心。如果我们能进入到这种柔软的心，体贴到众生，我们就能看到比柔软微细的东西。

有一次，我到屏东农专找一位朋友，这位朋友是屏东农专兽医科的教授，他告诉我他慈悲心开启的过程。他说，以前他在当兽医科的教授时，要做很多动物实验，都不觉得做动物实验有什么特别。做实验最多的是猪的实验，把猪载来，杀掉，然后用来做实验。

通常，猪载到校门口时，捆工把猪从卡车上踢下来，被踢下来的猪会惨叫一声，跌在地上。以前他都不觉得有什么特别，踢下来、跌下去，踢下来、跌下去。有一天，他突然慈悲心发起，坐在草地上听到捆工把猪从卡车上踢下来的时候，他听到猪在叫："救命啊！好痛噢！"他感到非常的心酸，于是想到，如果把洪金宝（香港演员）从卡车上推下来，他也会跟猪一样惨叫的。后来他就跟捆工说，你们以后不要踢，要把它抬下来。捆工想，这个教授发神经了，怎么会这么荒谬？就不肯做。我这朋友就说，抬一只猪给你们一百块。大家听了才愿意抬下来。这事给他一个很深的启发，为什么从前听不见猪的哀叫呢？因为从前慈悲心没有得到开发。

苏东坡有首诗写柔软写得很好，其中有四句："开门归乳燕"，开门让燕子飞到家里来。"牖户出痴蝇"，看到苍蝇在撞门窗时，把窗户打开让苍蝇飞走。"爱鼠常留饭"，疼爱家中的老鼠，每天都留一碗饭给它吃。"怜蛾不点灯"，可怜飞蛾会扑到灯火上死掉，所以晚上都不点灯。这是多么纤细的心灵，所以慈悲心的开发，是每个人都可以做的，只要我们有这样纤细的心灵就可以。

更广大的包容心

除了纤细的心灵之外，第二个开发慈悲心的方法是，要有广大的包容心，包容这个世界。这种包容心在方才提到应该从因缘深的救起，从因缘深的开始慈悲。每天回家，要慈悲自己的父母，慈悲自己的妻子、小孩，慈悲自己的丈夫、朋友、亲戚，然后慈悲自己的同事和上司，接下来慈悲这个世界。这种广大的开发就是设身处地地为别人着想，不要常常只为自己着想。对这种设身处地或更广大包容的慈悲我曾经写过一段话："应该拿而不拿就是慈悲；应该贪时而不贪，这是慈悲；应该生气时不生气，这是慈悲；应该骄傲而不骄傲，这是慈悲；应该怀疑时不怀疑，这是慈悲。所以慈悲是消除一切负面情绪所得到的东西。"我们在生活里有两种情绪，一种是正面的情绪，就是可以使我们快乐，也可以使别人快乐；使我们光明，也使别人光明的情绪。另外一种是负面的情绪，负面的情绪就是黑暗的、坏的、贪的、嗔的、痴的、慢的、疑的，会使我们处在痛苦的状况，并且认识我们的人也处在痛苦的状况。如果我们多消除一点自己的负面情绪，就多一点慈悲。这是得到慈悲心的第二个方法。

超越世间的无知

得到慈悲心的第三个方法是，要超越世间的无知。这个世界上的人之所以无法人人都有慈悲心，是因为有很多人是无知的，他们不知道做那些事会伤害别人。

有一天，我带我的小孩到台北县的淡水，在淡水的海边看到一群小孩在那里玩，这群孩子站在海边，拿着渔网在捞鱼。渔网扑下去，捞起来，大概可以捞到六七条的小鱼，这些小孩把鱼捞起来后就倒在岸上，让这些鱼挣扎、跳跃、死亡，他们觉得这样很快乐，每个人都在捞。这中间有个小孩特别坏，他把鱼捞起来倒在旁边，跑过去“啪、啪、啪”，把它们全部踩碎，粘在地上，接下来也是一样。我看了非常痛心也非常生气，就跑过去抓住他，说：“你在干什么?”他说：“我在处决它们。”啊！你有什么资格处决这些海里的鱼呢？我就骂他：“你如果继续处决它们，等一下我就处决你。”这个小孩听了吓一跳，拿了他的网子往岸上跑去。他跑时，我发现他穿着一套运动服，运动服后面绣了“文化小学”四个大字。他是文化小学的学生。文化小学在淡水的一条街上，这条街的名字叫做“真理街”。当时我心里有很大的震撼，真理街文化小学学生，无缘无故地在海边处决这些小鱼，天啊！怎么会这样？心里非常的难过，然后就跟我的小孩把旁边还没死的鱼捞起来丢到海里去。我的孩子就跟我说：“爸爸，难道他不知道这些鱼也会痛吗?”对呀！为什么他不知道这些鱼也会痛呢？我有个朋友叫孟东篱，住在花莲，他讲过一个故事，他说他也常在海边散步，看到很多大人去海里捞虱目鱼苗。他们捞起来发现是虱目鱼苗就把它放入筒子里；发现不是，就把它倒在岸上，所以，整个海岸都是小鱼的尸体。他写了一篇文章，后面这样问：“为什么不能轻移几步，把这些不是虱目鱼的鱼苗放回海里去呢?”这就是因为无知，觉得这样是没有关系的。从来没有人教育我们应该慈悲，应该对待别人好一点。所以我写过一句话：“人是这个世界的癌细胞，走到哪里，死亡就到哪里。”多么可怕！人走到的地方，死亡就到那里。

如何使人不扮演这个世界的癌细胞呢？就是人要打破这种无知，不要被无知所障蔽。这种无知要从小开始教育，我们要告诉我们的小孩：你要好好地对待别人，好好地对待动物，好好地对待这个世界。凡是伤害这个世界众生的事，都不要做，这时可以使我们的慈悲往上拔高，超越这个世界。

关于这种超越，经典里有这样一个故事：从前有一个杀心很盛的人，他的名字叫健陀多，只要被他看到的动物，他一定要把它踩死，走在路上，远远看到一百米前有一只蟑螂横过街头，他会赶快跑过去，一脚把它踩死，这样自己觉得很过瘾，看到老鼠也是一样。看到狗、猫要踢它一脚，看到人就要侮辱人家，这就是杀心很重的人。这样的人多么可怕！他一走进某个城市，城市中所有的人都把门窗关紧，所有的动物见到健陀多来了都发抖，赶快逃走，钻到水沟里去，连鬼听到他的声音都跑到河里躲起来。

有一天，健陀多走过森林，突然看到很远的地方有一只蜘蛛从小路上横过去，因为所有的动物都躲起来了；蜘蛛走得很慢，虽然它知道健陀多来了，但满头大汗，又走不快，就在小路上横过去。健陀多看到了，竟然有一只蜘蛛，赶快跑过去要把它踩死，脚举起来时，踩到一半，心里想，今天心情不错，饶你一命，就把脚放下来。这只蜘蛛满头大汗，以为必死无疑，啊！竟然没有踩死我，太可怕了，从现在开始要发愿、觉悟修行，将来不要再碰到这么可怕的人。健陀多死了之后就堕入地狱，因为杀业很重，所以堕入无间地狱。在油锅里被煎熬时，释迦牟尼佛从净土的莲花池悲悯地看地狱的众生，看到健陀多在那里受煎熬，心想，这个人为什么堕入无间地狱呢？眼前就出现一个画面，就是健陀多在森林里举脚正要踩下这只蜘蛛而放下来的画面，佛当时就很感慨，这个人还有一点点慈悲心，为什么会受这样的苦？那么来看看这只蜘蛛在哪里？放眼一看，蜘蛛已经往生在净土了。他就把蜘蛛叫来说，如果没有这个人举脚放了你，你今天也不可能到净土，所以现在你要救他。当时蜘蛛就从净土吐了一根金丝，直接吐到地狱里。健陀多正在油锅里被煎熬，看到一条金丝进来很高兴，赶快跳过去抓住蜘蛛的丝，抓住以后，竟然没有断，于是赶快爬上去，一直没命地往上爬。

爬到一半时，突然听到后面有很多的人声，回头一望，看到很多地狱的众生都跟他一起爬上来，健陀多心里想，蜘蛛的丝这么细，如果让他们一直爬，蜘蛛的丝就会断掉，不如我先不要往上爬，回去把他们踩下去再说。结果他就溜下来，举脚要把后面的人踩下去，当他一举脚时，蜘蛛的丝就断掉了，“啪”地一声，所有的众生都掉进地狱里。这时，佛在净土里长叹一声，啊！一念的慈悲心的超越就可以解救我们，一念的慈悲心的迷失就可以使我们堕落，所以我们要超越世间的无知，开发我们的慈悲心，让我们不断往光明的、善良的、美好的、温暖的方向去走。

尽形寿，拯救世界

除了这种超越世间的无知之外，接着开启慈悲心的方法就是要发愿。有这样的愿望：因为我已经了解到这世界的众生和我是一体的，和我是平等的，所有的众生将都会成佛，这是我根本的认识。由于有这样的认识，所以我要发愿，“尽形寿，拯救这个世界”。尽形寿就是尽我还有形体的、还有寿命的时间，来拯救这个世界，虽然这个世界有可能是无法被拯救的。

在经典里曾有一个故事：有一次一个森林里发生大火，森林的动物都开始奔逃，离开森林到别的地方去。这时，森林里有一只鸽子也飞出森林，但飞出森林时，它并没有逃走，而是飞到很远地方的河边，衔一滴水飞回来。飞回来后，就将这一滴水吐在正在燃烧的森林里。吐下去后，火还是一样的燃烧，鸽子又回转身去衔第二滴水吐在燃烧的森林里，如此来回往复，永不休止。此时，被天上的神看到，就很感慨，这只鸽子多么有慈悲心。森林的大火是不可能被熄灭的，它为什么要这样吐水呢？他就问这只鸽子，鸽子说，虽然森林的火不可能被熄灭，但是，我要尽我可能的力量来拯救它。天神被感动了，就吹一口气把森林的大火熄掉了，所有的动物又可以返回安住。看到这样的故事，也令人非常地感动，虽然我们没有这样的运气，像这只鸽子每次衔一滴水吐在森林上，就感动天神，但是我们要学习这只鸽子的精神，常常把这一滴清凉的水吐在燃烧的世界里。

一滴水虽然很小，虽然是无形的，但它可能造成很大的力量。感觉、慈悲都是有重量的，譬如，有一次我要抱我的小孩，但那天他跟我吵架，不让我抱，抱起来时发现他比平常重了好几公斤。为什么小孩不让你抱时，你会感觉比较重呢？小孩若喜欢你，愿意让你抱时，你会感觉他比较轻，我就得到一个结论，原来感觉是有重量的。就像你抱一个很喜欢的人，五十公斤，你不感觉重，但若你抱一包也是五十公斤的水泥，就会发现它很重。因为感觉好而减轻了他的重量。慈悲也是一样，如果你对一个东西慈悲，就会感觉到这个东西的重量减轻，你的负荷减轻，这个世界的包袱减轻，所以我们要常常有这样的态度来发愿，希望能拯救这个世界，即使世界不可拯救。

佛经里告诉我们，有四个永远没有限量的愿望，就是四无量心。前文也曾提到，第一个是慈无量心，第二个是悲无量心，第三个是喜无量心，第四个是舍无量心。由于有“慈、悲、喜、舍”四无量心，所以要把心发展到无量。像我每天早上起来做早课时，我会做礼拜，做礼拜时我会发愿：希望、祈求这个世界可以得到永久的和平。我的朋友听了都笑我，这个世界怎么可能和平？这个世界不可能和平！但是我不能失去这样的愿望，因为我不失去这样的愿望，所以在这个世界还没有和平之前，我的心已经得到了和平。

永远祈求心中的莲花开放

拓展慈悲心的第五个方法是，永远祈求心中的莲花开放。上次提到观世音菩萨的一个咒叫“嗡嘛呢叭咪吽”，就是六字大明咒，六字大明咒若翻成白话就是“祈求心中的莲花开放”。莲花有什么特质呢？第一个，莲花是清净的，出污泥而不染。第二个特质是柔软的，我们看到莲花的花瓣非常柔软，风一吹就会摇动。第三个特质是芬芳，我们常闻到莲花的味道，感觉到它非常的香。第四个特质是纯洁的，非常的纯洁。如果我们将这四种东西从内在里开放，我们就可以得到究竟的慈悲心。第一个清净、第二个柔软、第三个芬芳、第四个纯洁。如何得到这些品质，并在内在里完全开放呢？《法华经》里的“普门品”说到观世音菩萨如何观照内在莲花的开放，它说：“真观清净观，广大智慧观、悲观及慈观，常愿常瞻仰。”就是要对这个世界有真实的观照，有清净的观照。要知道这个世界本来就是清净的，是因为我们受到污染，所以我们才会处在污染的世界。广大智慧观，我们要使我们的智慧和心胸广大，才可以包容这个世界。悲观及慈观，要常有慈悲的观照。常常有这样的愿望，常常瞻仰这些伟大的菩萨的观照，他们用这么慈悲的观照来看这个世界。这种慈悲究竟的开发就是使我们内在清净的莲花开放后，可以用来对治我们心中的负面情绪。

慈无量心是用来对治我们的嗔恨，如果我们对这个世界还有嗔恨就是表示我们不够慈祥。悲无量心是用来对治这个世界的害，我们害这个世界的心。喜无量心是用来对治我们的不快乐。舍无量心是用来对治我们的贪，我们要常慈、悲、喜、舍，而慈、悲、喜、舍是同样的。

有一天，我和一位朋友走过台北车站前的地下道，看到一个很可怜的人，他的四肢全都被切断了，好像一个球一样地蹲在墙角，前面放着一个红色的塑料盆，在那儿当乞丐要钱。我从他前面走过，很自然地把钱放在他的盆子里。然后，我的朋友就撞了我一下，他说："你知不知道这个人是如何下到地下道的?"我说："当然是用爬的。"当我这么讲时立刻就知道自己讲得不对，因为这个人四肢都没有，他怎么能爬下地下道呢？我就问："他是怎么下来的?"我的朋友就说："有人抱他下来呀！所以你刚刚丢下去的钱也不是他拿去的，抱他下来的人会拿走。"当时我的心里很难过。接着我朋友告诉我，现在有一种行业，是专门找那些可怜的人，早上就用车子带他们去布点，看哪里的人比较多就把这个人放在那里，让他们要钱，黄昏时他们就能下班，有人开车来将他们载走，顺便把他们要到的钱拿走。我听了眼泪都流下来了，这些人用别人慈悲的心来做这样的事。我们从地下道继续往前走，到快出地下道时，又看到一个头很大、患蒙古症的小孩，我就把钱丢到他的盆子里，我的朋友又撞我一下，说："你已经知道了，为什么还给他钱?"我说："我给他钱不是为了他，而是为了我自己，当我看到这种可悲的画面时，我不愿意转头离去。"虽然这个世界上有很多人利用我们的爱心来骗钱，但是我们要坚持我们的爱心，因为慈、悲、喜、舍是我们自己的事。要从我们的内在做起，是一种心的改革，如果我们的心可以得到完全的改革，那么不管这个世界变成什么样子都无关紧要。你被别人骗了一百元也不会少了一点什么。所以我们要常常保持这样的态度，才可以来对治我们生命里负面的情绪。

慈悲的人比较会感动、流泪、敏感，没有关系。如果你很容易感动，很容易敏感，没有关系，因为悲哀的极致就是慈悲。如果你对一件事很悲哀，陷入这种悲哀里，有一天当你从悲哀走出来时，就可以很清楚地看见别人陷进悲哀时所遭遇的情境，如此，你就比较容易拯救他。

慈悲再往前推展到了一个最后的境界，叫“大慈大悲”，就是方才提的“无缘大慈，同体大悲”。在《华严经》里曾讲到菩萨如何兴起大慈大悲，讲到十种理由，第一种就是“观众生无所依怙”，就是看到众生没有可以依靠时，菩萨生起大悲。第二种是“观众生根器不调顺”，就是看到众生的生活不顺，所以兴起大悲。第三种是“观众生缺少善根”，看到众生被无知所障蔽，无法兴起善根，菩萨就起大悲心。第四种是“观众生长夜昏眠”，就是众生处在一种昏迷的状态，没有自性，就兴起大悲。第五种是“观众生行诸不善法”，看到众生去做一些不好的事，会生起慈悲的心。第六种是“观众生为欲所缚”，被情欲所束缚，会兴起大悲。第七种是“观众生沉没于生死大海”，看到众生不断在生死大海里沉沦，兴起大悲。第八种是“观众生常婴疾苦”，众生常常遭逢疾病和痛苦。第九种是“观众生不欲行善法”，众生已经知道了善法而不肯去做，菩萨也会起大悲心。最后一种是“观众生失诸佛法”，看到众生失去了佛法，菩萨会起大悲心。所以菩萨因众生而起大悲心，如果没有众生，菩萨就没有悲心。所以众生是非常重要的，并且痛苦的众生是非常必要的。

在《维摩诘经》里有一个观点非常令人动容：在这个世界上做魔王或做乞丐的人，都是大菩萨来转世，来投身在这个世界，来教化我们的。以前我不太能理解这个观点，后来，有一次我去通化街，看到一个非常可怜的乞丐，每个人看到他都心里震动而布施给他，结果我就知道为什么《维摩诘经》这样说。如果有一个乞丐在一个地方坐着，而那天有三万个人从这乞丐的面前走过，都生起了慈悲心，你看，这个乞丐是多么了不起地教化了我们。如果这三万个人中有一千个人因为生起慈悲心，布施给他而得到了布施的功德，这乞丐的功德又是多么大，他给了我们多么好的启发！所以不要轻视任何一个众生，甚至于一个乞丐。

当我们拓展慈悲的胸怀时，不要忘了智慧的重要。在经典里说："悲以无嗔为体，大悲以智慧为体。"就是说一般的慈悲是以没有嗔恨为体，我们可以做到对人没有嗔恨，这个人就可以说是慈悲。如果一个人是大慈大悲，他是以智慧为体，所以智慧和慈悲是不能分开的。在佛教里有一些字眼是无法翻译的，像般若、菩提，就是慈悲和智慧合在一起叫般若也叫做菩提，所以智慧和慈悲是无法分开的。因此，在我们开展外在的慈悲时，也要回来开展内在的智慧。

在佛教里有四个菩萨象征四种理想的人格，一个是观世音菩萨，是慈悲的象征。一个是文殊师利菩萨，是智慧的象征。第三个是普贤菩萨，是行的象征，也就是实践的象征。第四个是地藏王菩萨，是愿的象征。悲、智、行、愿是四种重要的象征。

观世音菩萨是最慈悲的，他有另外一个名称是观自在菩萨，所以观世音菩萨也是慈悲和智慧同时究竟。什么叫观世音菩萨呢？就是常常观照这个世间的音声而寻声救苦，叫做观世音菩萨。什么叫观自在菩萨呢？常常观照自己的内在世界而十方圆明，使自己的内在得到自在。所以观世音到了极处就是观自在，观自在到了极处就是观世音，因为我跟这个世界是不可分离的。我家有一尊观世音菩萨的雕像，这尊雕像左脚盘起来，右脚往前伸出去，为什么菩萨一只脚盘起、一只脚伸出去呢？因为这只伸出去的脚是准备随时听到众生求告的声音要立刻站起来去解救众生。如果两只脚都伸出去不是更快吗？为什么要一只脚盘起来？因为这只脚要安住不动，观照自己的内心，所以要一脚伸出去，一脚盘起来，这是悲、智具足，如果失去了其中之一，就不是观世音菩萨。我们常常观察到这种慈悲和智慧，使我们知道这两者是不可分的，也就是智慧和慈悲都是人人具足的，只是因为我们被无始劫以来的习气和执著所蒙蔽罢了。如果我们可以见到更深、更广大的内在世界，我们就可以看到自己非常慈悲，而且原就是那么慈悲。

有一次，我在看丰子恺的《护生画集》，看到两则有关蚂蚁的故事，非常的感动。有个小孩跑到墙角小便，当他正要小便时，看到蚂蚁在那里，他就憋住自己的尿，到别处去小便。小完便后，他想到蚂蚁要爬过的地方有很多凳子、砖头，爬起来是多么辛苦，就走过去将凳子和砖头拿开，让蚂蚁可以平顺地爬过。另外一则故事是，丰子恺有一天看到两只蚂蚁在台阶前拉扯。因为蚂蚁很小，所以看不清楚是怎么回事，又是为什么在那里拉扯。后来他就拿了一个放大镜看这两只蚂蚁，发现有一只蚂蚁的脚断了一只，屁股被咬破了一个洞，另外一只蚂蚁正要把它拉回洞里。他看了非常感动，就画了这幅画。接下来的三四天，每天起床时他就想，不知那只生病的蚂蚁起床了吗？啊！这是多么深刻的慈悲。在我们的祖师，或是在我们的菩萨及佛过去的记载里，我们都可以看到这样的慈悲。

民国初年，有位禅师叫来果禅师，有一天他在打坐入定时，突然听到惨叫声，就张开眼睛到处寻找声音的来源，后来发现在床底下有一只跳蚤，因为跳得太高而跌断了一只腿，正在那里呼叫。看到这些祖师所写下来的笔记，都使我们非常感动，慈悲就是这么微细、这么柔软、这么广大。我们如何来开展我们慈悲的胸怀，以便可以好好地活在这个世界，并且来成就这个世界，使这个世界走向清净、光明、柔软、芬芳的境界，这是每一个人都应该做并且急切要做的事。

第三讲·生死的面对

当我们讲生死的时候，事实上生和死是连在一起的。今天虽有很多人对“佛”很有兴趣，想重新过一个新的生活，但大部分的人都比较不担心活的问题，而比较担心死的问题。什么叫做死？将来怎么死？是不是可以死得很漂亮？这不是一件简单的事情。我自己也有这个愿望：将来一定要死得很漂亮。我常说：“只有活得很好的人，才可以死得很好；活得很深刻的人，才可以死得很深刻；也只有活得很漂亮的人，才可以死得很漂亮。”因此，生和死是连在一起的，因为有生就有死，有死一定会有生，如果不死就不会有生。

在开始讲生死的面对之前，我们先来讲人世间的死，听听看一些证悟的人有怎么样的死，是不是死得很漂亮？我将证悟的人分成两个部分，第一部分就是：用轻松的态度来面对生死；第二部分是：用庄严的态度来面对生死。

轻松地面对死

用轻松的态度来面对生死，在经典上有几个例子：

第一，从前在五台山上，有一位隐峰禅师，他快死的时候，问他的徒弟："除了躺着死、坐着死之外，你们有没有听过有人站着死？"徒弟说："有。"禅师又问："有没有听过倒立着死的人？"徒弟说："没有。"禅师说："那我就倒立着死给你们看。"于是爬上了禅床，手一撑，身体倒立，就死了。死后不倒下。徒弟都感到奇怪，用力要将他推倒，却推不倒。没办法，找来隐峰禅师的妹妹。他的妹妹也是出家人，就说："哥哥，你活着时喜欢作怪，死了也喜欢作怪；你不要再作怪了。"一讲完，隐峰就倒下来了。

第二，唐朝有一位庞蕴居士，一家四人都是禅师。一天，庞蕴居士对女儿庞灵照说："我今天中午就要死了，你帮我看看，日正当中时告诉我一声，我就死。"他女儿到外面看了，回来说："不知是不是已经中午，今天日蚀，太阳被遮住了。"

庞蕴说："怎么可能？我出去看看！"出去看时竟然没有日蚀，就又跑进来，发现他的女儿已经坐在他预备好的蒲团上死了。庞蕴说："没想到让你捷足先登了，我不想这么早死，我七天后再死。"七天后就坐着死了。死后他的妻子庞婆跑到田里告知其子，说："你爸爸和妹妹都死了。"他的儿子说："他们都死了，我也要快去！"结果扶着锄头，站着死了。庞婆看了，说："你们三个都这样死，我偏不这样死！"说完就走路离开住的地方，从此不知所终。

第三，从前有位普化禅师，每天在街上托钵时就对人说："我要死了，请你赏给我一口棺材。"别人都觉得很奇怪，这师父身体还这么健康，每天走来走去，怎么可能就要死了？所以没人要送棺材给他。后来临济禅师知道了，就送了一口棺材给他，于是他每天抬着棺材在街上走。有一天，他说："这棺材是临济禅师送的，既然有了棺材，我就要死。今天我要在东门死，要看热闹的人就到东门来看。"路人听了都跑到东门去，想看他是不是真的要死。当人聚集在东门时，他就说："来的人不够多，我不想死了；明天我要去南门死。"第二天，他就把棺材抬到南门，来的人更多了，他又说："来的人还是不够多，明天我要去西门死。"第三天，更多人去看，他也没死。他说："人仍然不够多，明天若有更多的人，我就在北门死。"

第四天，已经没有人到北门。只有一个路人经过，普化禅师就把棺材打开，自己躺进去，要路人帮他钉起来，就这样死了。像这样死要死得很热闹，最后在大家不注意时死掉。

第四，从前有三位圣人，他们以笑度化众生，每到一个地方就坐下来大笑。大家都觉得很奇怪，为什么这三个人一直笑个不停？结果，有些人就被他们感染，也都跟着笑，当大家都跟他们一起笑时，他们就到另一个地方再去笑。他们一辈子都在笑，有人就问："为何能笑得这么开心?"他们说："生命本来就是值得庆祝的。"有一天，其中一位圣人先死了，只剩下两个圣人，附近的居民就想去看看其他两人是否会很悲伤，还是像以前那样的笑，结果发现那两人竟然还在笑。死，是很悲伤的事，竟然还在笑，居民就把他们骂了一顿，并且按照当地习俗为死者筑高台，将棺材抬到郊外高台上，点火燃烧；火一点着，居民正在悲伤时，棺材内突然冲出一道烟火，"崩"一声，原来这位圣人在要死时，将烟火缝在衣服里，大家看了都笑起来了，原来死是值得庆祝的事。像这些死的态度，很多禅师、修行者都给了我们一个示范，就是：不要害怕死，死是一件很轻松的事，并没有像我们想的那么严肃。

庄严地面对死

第二部分是用庄严的态度来面对死。有几个例子：

六祖慧能有一天对徒弟说："我快要死了。"徒弟都大哭起来。六祖说："我自然有我的去处，你们不必悲哀。"然后，含笑而逝。六祖慧能全身舍利，身体都没有败坏，他的尸体现在还保留在广东的南华寺。以前有的人不相信人的舍利是真的，有一天拿铁锥和钳子跑到南华寺的大殿去，将其金身凿了一个洞，发现心脏和肝、肺都还在，就吓跑了。六祖慧能是含笑而死的。

第二个例子：鸠摩罗什生前翻译了很多经典，常担心无法将经典原文翻译成很好的中文，他曾说："如果我死了，我翻译的经典都是真的，就让我的舌头不烂。"结果，他死后，火化后剩下一个金色的舌头。

第三个例子：玄奘大师在往西天取经前，住在灵岩寺，庭院里种了一棵松树，大师摸着松树，说："在我往西天取经这段期间，希望你都往西边长；等我回来时，你再往东边长。”第二天就出发往西天取经。在他取经的许多年里，这棵松树都往西边长，长了数丈长。有一天，这棵松树突然往东边长，弟子都知道师父要回来了，就跑到西边去迎接，果然看到玄奘大师回来了。这棵松树叫摩顶松，大师死后，松树就枯萎了。玄奘大师的死亦是很庄严的，他一生翻译了一千多部经典，功德无量。在他六十五岁那年，有一天他对弟子说：“我快要死了。”弟子很伤心，都希望师父能安详地死。没想到两天后，他走路时跌了一跤，跌伤了。弟子想，像师父这样伟大的修行者，对佛教有这么伟大的贡献，还翻译那么多经典，在死时竟然不能安心地死，还跌一跤，因此大家都起了疑心。这时出现了很多金人，捧着莲花，对他们说：“你们的师父因为跌这一跤，无始劫以来的业障都已经消除了，你们应该高兴才对。玄奘大师就坐在床上念佛，往生都率天，弟子就问：“师父可以去都率天吗?”他说：“是的，我一定可以去的。”而后安详而逝。七天后，身体都没有倾倒。死得很庄严，是一个伟大的示现。

第四个例子：洞山禅师临死时，对弟子说：“我要死了。”然后沐浴更衣、敲钟，向大家告别，坐着停止呼吸。弟子都放声大哭，他突然睁开眼睛，说：“你们安静点，不要妨碍我死，出家人应该心不为物染，才是真正的修行。劳生惜死，就是在生死里波动，这是人的常情，悲哀有什么用呢?”讲完后就死了。

第五个例子：明朝有一紫柏大师，他被人陷害关在监狱里时，说了一句话：“世法如此，久住为何?”当场就坐化。这些示范都是一种庄严的死。

每次看到经典记载这些师父的死，我都很向往，希望自己有一天也能死得那么漂亮。有没有机会死得那么漂亮呢？今天就要告诉各位，用什么方法可以使我们死得漂亮，可以使我们生死自在，可以使我们大生大死、不生不死、面对生死的问题。

一般人对生死的看法

我们再来谈谈一般人对生死的看法。第一种对生死的看法是，认为生死是断灭相的。就是说，一个人生到这个世界他就有了生命，等到死的时候，他就没有了，这是一种断灭的看法。

第二种是，认为生死是物质的。一个人生到这个世界上，我们看到他的形体，所以我们确定他是生的。我们确定人的死亡也是一样，用心脏停止跳动、脑波停止跳动、脉搏停止跳动和停止呼吸来确定人是否死了，这些都是物质的检查方法。用物质来检查生和死，这里面没有感情和精神的成分。

第三种对生死的看法是：活着是快乐的，死是悲伤的。所以生小孩时寄的是红帖子，结婚也是寄红帖子，死的时候就寄白帖子表示悲伤。

第四种对生死的看法是：生死是两世论，这是一般宗教的看法。如基督教、天主教、道教，都将生死视为两世论。所谓两世论是不管过去的一世，只管现在世和下一世，所以在所有的宗教里都讲到天堂，说人死后会上天堂；但是没有说人是从何处来的。大部分的经典都告诉我们：人是上帝所制造出来的。天堂和地狱的情形又如何呢？很少有所描绘。因此一个人如果死了以后，他可能进天堂，可能下地狱，但是到了那里以后就没有人知道了。为何没人知道？有两种说法：第一种说法是，在那里生活太好了，所以不愿回来，这是对天堂的看法。第二种是对地狱的看法，在那里太苦了，被关住了而不能出来。这是两世论的看法。我们可以看到，两世论的看法是不圆满的，如果没有过去，怎么会有未来呢？因此一定还有一个过去。我记得从前在乡下，有人死了，就请道士来超度，这些道士来了以后，在死者的脚前放一碗饭和一双筷子，然后烧冥纸。为什么要放在脚前，不放在头上呢？因为他们认为人死后，会先下地狱。到了地狱如何出来呢？要去游十八层地狱后，由道士超度拉回来。我第一次看到这个仪式时觉得很奇怪，为什么不直接回来，还要去游地狱呢？这是两世论的结果，不完满，无法有圆满的观点。

知道了一般人对生死的观点后，我们接下来看看佛教对生死的观点。

佛教对生死的观点

生死是一种转化，这转化是在六道里轮回转化。为什么生死是一种转化？因为人死后有一个东西是不死的，在佛教里称为业识，也叫做八识心田，或是佛性。这个业识就会带着今生、前生、无始劫以来的记忆去转化到不同的空间。这种转化到另一空间呈现出不同的形体，就是业识不灭、三界流转。这是佛教对生死的第一个看法。

第二个看法是：生死不是物质的，而是有情才有生死，有情欲就会有轮回，有轮回就会有生死。要解决生死的问题，就要解决情欲的问题。情欲的问题得不到解决，生死就不能得到解决。

第三个看法是：生死是一种痛苦。为什么生死是痛苦的？因为“无常”。而这种痛苦，无论寿命是大、是小、是长、是短，其深刻都是一样。记得我曾写过一个故事：有一个人走在森林里，突然听到很凄惨的哭声，却找不到；后来他在路边发现一只蜉蝣，他就去问它：“怎么哭得那么伤心？”蜉蝣说：“我的太太死了，我的下半辈子要怎么过？”这时已下午三点多了，再有两个小时这蜉蝣就要死了。这人就哈哈大笑：“你再过两个小时就死了，虽然你太太先死，但相隔时间很短暂，你又何必哭得这么伤心？”可是从蜉蝣的眼睛看起来，两个小时可能跟我们人的二十年或四十年一样长、一样的痛苦。所以这种无常的痛苦，对于众生都是一样的。

第四个看法则是三世论。所谓三世是从未出生以前一直到无始劫的前生，就是无止境的时间，我们一直轮回，轮回至我们投胎到这个世界。从我们死的那一刻起就是无限的未来生，这也是无限长的时空。

由于有这样的看法，佛教对生死的看法是比较圆满的观点，就是天堂和地狱也是有尽期的，并不是无限的。一个人上了天堂也有下来的时候；一个下了地狱的人，也有上来的时候。佛教对天堂或地狱有许多不同的看法。佛教把地狱分成很多层，天也分成很多层。短暂、不痛苦的地狱叫做“拍球地狱”，好像打球一样，把球拍在地上，“啪”，跳起来，这么短暂的时间在里面受苦，这叫做拍球地狱。最痛苦的地狱叫做“无间地狱”，就是受苦不间断的地狱。天堂也是一样。由于佛教三世论的观点，所以业报、因果、轮回，都是一个圆满的解释，这里面没有缺陷。

因前面这些观点，我们对生死就得到一个简单的结论：第一，一定要认识到：我一定会死。为什么一定会死？因为凡是生的，必然有死。为什么会死有两个原因。在经典里说：有生必有死。再则是：从来没见过不死的人。

经典里记载：有一妇人，死了一个小孩，在小孩的墓园里号哭。当她在痛哭时，释迦牟尼佛正好从旁边走过，她就跑过去求佛，说：“佛啊！你是那么伟大的解脱者，请你解救我的儿子，我的儿子刚刚才死，身体还是温的。请你救救他吧！”释迦牟尼佛说：“好，我救你的儿子。但你要答应一个条件，就是要求火于不死之家。”就是说向没有死过人的家里，找一个火种，只要找到这个火种，我就救活你的儿子。妇人很高兴，急忙至村落找，到第一家时问：“你们有没有死过人？”大家都不高兴，当然死过人。后来问过的每一家都有死过人，等到问过整个村落，发现都死过人了，这时她的悲伤已得到转化了。回来向释迦牟尼佛说：“释尊，这世上没有一家没有死过人。”佛陀就开示她：“死是一种自然的现象，是一种无常，所以你的儿子不可能被救活，因为他已经死了。”这样我们可以确定，我有一天一定会死。这是第一个确定。第二个确定是，我不知道自己何时会死。没有人知道，除非是证悟解脱的人。

不知道自己何时会死

为什么不知道自己何时会死？在佛经里有三个原因不知自己何时会死。第一个原因：人寿不定。人的寿命是没有一定的，有的人活得长，有的人活得短；你不知道自己是属于长的或短的。第二个原因：身不坚固。身体是一个薄脆的东西，身体很薄弱，随便碰到就流血，随便碰到就断了，随便碰到就受伤了。因为这不坚固的东西随时会发生状况，所以不知道何时会死。第三个原因：死的原因会随着时间而越来越多。古时候死的原因很少，现在死的原因很多，有因艾滋病而死、有坐飞机撞死，这些古代都没有，所以更使我们无法确定自己何时会死。第四个原因：死是我一个人的事。我死时什么也带不走，而且不会有任何人陪伴我。要有这样的确定，死时这种孤寂是非常可怕的，因为我们无法带走我们的亲戚、朋友，无法带走我们的财物、身体。

由于对死亡的认识，使我们得到三个结论：我一定会死，我不知道自己何时会死，死是我自己的事。由这样的认识，使我们开展对死亡的新观点，得知哪些是值得思考及观照的。

第一，死亡是值得感恩的。为什么值得感恩？例如，我们都喜欢花，都喜欢自然的花，但不喜欢塑料花，因为塑料花不会死。事实上，很多塑料花都做得跟真的一样，但我们不喜欢它，因为它永远不死；等我死了，它还在，永远不死是很可怕的。想想看，吃饭时，一家人坐在一起，如果有一千年前的祖父在一起吃饭，你都不知如何过日子，所以永远不死是可怕的。如果我们爱的人永远不死，我们就不会珍惜相处的时光，所以死是值得感恩的。因为万物都有死，生才得到意义。如果都不死，生就没有意义，这是相对的。因为有冬天，春天才有意义；因为花都凋落了，发芽时才可以感受到生命的喜悦。这种观点在我们的生活中常可以看到，例如，有人喜欢古董，为什么古董那么值钱？因为古董也会死，如果古董都不死，就不需要搜集古董，就不稀有，不稀有就没有价值了。

有个朋友送我一只清朝的汤匙，有一天我在用时觉得很紧张，这汤匙活得比我还久，而且我死后它还活在世上。我就在笔记上写：在家里随便看到的东西可能寿命都比我们长。我们戴的手表可能命都比我们长，洗碗时洗的碗，寿命也比我们长，并且在一千年后变成很有价值的古董。这样就想到人命是薄弱的，这种感恩的观点可以使我们回到眼前来珍惜此刻的生命，可以知道活着真是值得感恩的。如果人都不死，那就不用赚钱，不用工作，也不用炒股票。因为知道我会死，所以在活着的时候过好一点，努力才变得有意义。这是对死亡的第一个新观点，死亡是值得感恩的。

第二，死亡是自然的。一朵花开启、谢掉，这是自然的。春天完了是夏天，这是自然的。祖父死了，爸爸死，这是自然的。

有个禅宗公案：有一天，一个有钱人过生日，大宴宾客。他请来一位禅师，并请禅师写几句祝福的话，要把它挂在墙壁上，禅师就写了六个字："你死，子死，孙死。"有钱人就说："你这不是在咒我吗?"禅师说："这是很好的事情，父亲死后才死掉儿子，儿子死后才死掉孙子；如果倒过来，孙子先死，儿子和爸爸都很伤心，孙子死后再死儿子，那你这个老的不就很惨吗?"富人听了很高兴，就把它挂在墙上。依照顺序来死，这是最好的。所以死是一种自然的事情，这种自然的事在佛教里叫做"无常观"，是观照到无常是一个自然和有顺序的事。无常观可以生起两个重要的东西：一是深知一切有为法是无常的，对现世可以不生贪著，不会去贪恋世界上的很多东西，因为知道有一天要离开这个世界。第二个是让我们远离贪爱和嗔恨而努力地精进。因为知道无常很快就来，所以会努力精进。

第三，死亡不是断气才开始的。《四十二章经》里释迦牟尼佛说：“人命在呼吸之间，出息不还即是后世。”呼吸时，一口气吐出去，吸不回来，就是下辈子，所以每个呼吸都是一个生死。每一天都是一个生死，每一个刹那都是一个生死。生死不是死后才开始，不是断气后才有生死，甚至每一秒钟身体内的细胞都在生死。根据科学家的研究，“人”每隔七年全身的细胞全部都换过，没有一个细胞是和七年前的细胞相同。也就是说，七年前的我们已经彻底地死了，现在活着的，全部都是新的。如果把时间拉长，七年，就物质而言，就是一个全新的人。事实上，我们知道内在的本质并没有变，所以可以知道我们每一天都是不一样的人。每天照镜子都会发现和昨天不一样，因为比昨天经验了更多的生死。每一个刹那都是生死，如果我们将生死分推到活着的八十年或一百年内，在这么长的时间里，不是一次死亡的，而是分很多次死亡。最开始死亡的反而是最坚固的东西，就是牙齿，蛀牙拔掉一颗，就死掉一颗，然后再死掉内脏、肺脏或肝脏的三分之一，先死掉胃的五分之一，一块一块地割下来，局部地失去你的身体，局部的死亡。到死的那一刻，死亡就不是突然来到的，而是渐进，局部地通向死亡的历程。

还有一种是短暂的死亡，我们每天经历的短暂死亡就是晚上睡觉时，完全不知道在做什么？在做噩梦时，不知飞到哪里？第二天醒来，还好只是一场梦。另外一种短暂的死亡，就是生病，生病时躺在医院，无法动弹，这时是短暂的死亡，因为没有活着的功能，等于是死亡。不仅是自己，我们每天接触的一切事物，都面临着死亡。如：洗杯子时，杯子掉落地上，这个杯子就死亡了，因为不可能再见到这个杯子。我们的亲人去世，也等于经历了局部的死亡，因为这个人从此不会再出现在我们面前，我们与他在一起的记忆、生活都随着他离开了这个世界。

在人生的历程里也有许多局部的死亡，例如，我小时候有很多志愿，最大的志愿是当作家，再来是当音乐家、电影导演、计程车司机，可是现在我只能做作家。我没有当音乐家，音乐家的林清玄就死亡了；没有选择做导演，导演林清玄就死亡了；没有选择做计程车司机，计程车司机的林清玄也就死亡了。这就是说：一个人在全部的“生”里，有很多的可能性，但是由于选择的关系，我们会使自己的一部分死亡，没有办法使所有的内在得到彻底的发展，这也是一种死亡。所以成长的选择也是一种死亡，不是断气以后才有死亡。

第四，迈向死亡就是迈向生。我们一步步地迈向死亡，就是一步一步迈向生，生死原本是连在一起的，因为“业”是永不消失的。当我们走完这期的生命，躺下来时，就表示我们有一个新的生命，这是一个信念，如果没有这样的信念，活着就会很悲惨，只会一天天地走向死亡而不走向生。

第五，每一个痛苦都要使我们观照生死、思考生死和面对生死。有一天，我到南投的寺院，这寺院后面的山上有一个“关房”。我问寺里的师父：“这关房是做什么的?”他说：“是闭关用的。”我问：“是否有人在里面闭关?”他说：“有一个师父在闭生死关。”所谓生死关就是发愿走进关房，全部钉起来，不死就不出来。我就问：“结果死了没有?”他说：“没有，不过中间出来过好几次。”因为闭关一两年后，有一天他牙痛，痛得满地打滚，就叫徒弟去找牙医。由于出去看医生，以前闭的关就都不算了。牙医来了，说：“你的牙齿都烂掉了，但我的机器太大，没办法搬上山来，要医牙齿就要到山下去，否则会痛死在里面。”师父没办法，只好破关而出，到山下医牙齿。这个故事给我们一个启发：一个发愿要闭生死关的师父，牙齿痛都受不了，又怎样来面对生死？不仅现代的师父如此，古代的伟大修行者亦面临同样的问题。

有一位在年轻时就出家的克勤圆悟禅师，教理非常通达，研究佛学非常透彻，自认为非常了不起。有一天，他生了一场大病，生病时就想：我所研究过佛教的教理，有什么可以来抵御这个病的？想了很多，都没法抵抗这个病，他说："光是研究教理，不能解脱生死，若能好起来，我一定要去找更伟大的师父来教导我。"当他发完愿后，就慢慢地好起来。好了以后，他就开始去参访天下的名师。第一个参访的师父是真觉禅师。他去时看到真觉禅师坐在那儿，手臂上长了一个大疮，在克勤圆悟想象中的这位禅师，是像佛一样已经彻悟，宝相庄严，没想到是一个老头子，臂上还长了大疮，这大疮还流脓流血。他说："奇怪！彻悟的人是这样的吗?"就问真觉禅师："为什么你还长疮呢?"禅师说："我现在流的脓都是曹溪的法乳。"曹溪是六祖慧能传法的地方，那里是六祖慧能留下来的佛法。可是克勤圆悟无法理解为什么师父的疮和法乳有关系，就离开了真觉禅师，再去找五祖法演。克勤圆悟本来到哪里都是受到赞美的，五祖却对他说："你的修行很差劲。"克勤圆悟想：我很好啊！每个人都说我的修行好。于是气得和师父吵起来了，克勤圆悟说："既然你不觉得我优秀，我就走了。"五祖法演对他说："将来你碰到一场大病时，就会想到我的存在。"后来克勤圆悟就到南方继续修行。有一天，果然生了一场大病，他躺在床上，想着过去修行的方法，就念咒、念佛、念经，可是都无法克服病痛。于是就发愿：等到我病好了，一定重新去参访五祖。后来病好了，就去参访五祖，向五祖礼拜、忏悔，五祖就收他做徒弟。后来果然顿悟了，他的顿悟是看到一只鸡飞上栏杆而顿悟。这给我们一个启示：一个伟大的修行者，碰到病痛来临时也没办法抵挡。可是在病痛来时却给我们一个观照，就是每一个痛苦都应该观照到死，观照到新生。克勤圆悟每次病痛都发愿，每一次都是一个新生。

净土宗有两位祖师，其中一位叫莲池大师，他在修行时，在桌上写“生死事大”四个大字，每天看着它。另一位近代净土宗祖师——印光大师，他的佛堂没有佛像，只有墙壁上挂着“死”一个大字，每天面对死，就是最好的解脱，最好的精进方法。从这里可以展现生死的新观念，就是生死并不是那么可怕。生死还是佛教最重要的东西，佛教之所以存在而有它的意义，完全是因生和死。因为没有生死的痛苦，就不会产生佛教；没有解脱生死的愿望，就没有修行的方法，因此佛教是建立在生死观念上的宗教。为了了解佛教如何建立在生死观念之上，首先就来看看释迦牟尼佛的生和死。

解脱生死是佛教最重要的基础

依据经典的记载，释迦牟尼佛是从母亲摩耶夫人的腋下生出来的。我不相信，常和朋友争辩，他们说："如果信佛教，就该相信他是从母亲的腋下生出来的。"我说："不行，如果这样，我的理智就会被埋没。"为什么释迦牟尼佛会是从母亲腋下生出来的呢？可能佛的弟子认为，佛是崇高的、伟大的人，不应该从母亲的子宫生出来，如同所有的宗教一样，耶稣基督是处女怀孕生出来的。对我而言，如果佛是从母亲的子宫生出来的，对我会是更大的启发，更觉得佛的人性。佛出生的第二天，他的母亲摩耶夫人就死了。佛一出生就面临了生的痛苦，不仅是自己的痛苦，还有母亲的痛苦。母亲因生他而死，经典上记载：摩耶夫人投生在这个世界，唯一的任务是生下释迦牟尼佛。佛从小就没有母亲，一定很深刻地体会到死亡的痛苦。

再讲佛的出家。在《阿含经》上记载，佛从小在皇宫里，很少出门。第一次出门就在东门看到生的痛苦，出了西门看到老的痛苦，出了南门看到病的痛苦，出了北门看到死的痛苦。

这时他出家修行的愿望已经非常坚定，即使他刚有了儿子，他也要出家。他的出家和他看到生、老、病、死有关系。第二个关系是看到自己的儿子生下来，感受到生一定会死，感受越来越深刻，就出家了。

我们再来看看佛是如何死的。佛教的《阿含经》、《遗教经》、《涅槃经》都记载了佛死亡的情形。佛的晚年和我们一般人的晚年没什么两样，他患了背痛，得了风湿症，因为年轻时在雪山修行。根据经典记载，佛每天吃一麻、一麦，翻译成现代的语言就是，只吃“一些芝麻和一些麦子”，因为长期吃得很少，就得了严重的胃病。晚年，胃病就发作了。最后如何死的呢？在达波婆村吃了弟子纯陀供养的食物。在以前的印度，出家人接受供养是不可以挑选的，释迦牟尼佛吃的这些食物可能不新鲜，佛吃了就上吐下泻、吐血，根据我的推断，可能是急性肠胃炎。佛陀大量地吐血，这时佛知道自己要死了，就告诉阿难：“我要开始我的死亡之旅，从这里步行到拘丝那罗去结束我的生命。”就忍痛徒步和徒弟走到那里，叫阿难把他的衣服铺好，坐在衣服上要入灭了。当他死时，弟子就问阿难，佛死了，我们没有老师怎么办？释迦牟尼佛死前说了两个很重要的教化：一、我死后，你们应该以戒为师。二、我死后，你们应当法灯明、自灯明。也就是说，以法来修行，依靠自己来修行。说完就吉祥卧死了。吉祥卧是一种很好的修行方法，睡觉时吉祥卧，把右手枕在头部，侧卧，身体弓起来。在医学上而言，这是很好的睡眠方法，因为胃在左边，吉祥卧时，胃可以继续消化，对胃比较好，对身体也比较好。

我们现在看到释迦牟尼佛留下的相，有四种很重要：一、苦行相。二、证道相——坐在菩提树下证道，一手指着大地。三、说法相——站立说法、结印说法的相。四、涅槃相——佛躺着的相。佛有四相，其中一个是涅槃相，有很多部经典都记载他的涅槃相，可见死亡在佛教里是很重要的。释迦牟尼佛的死亡给我们一个很大的启发和安慰，就是释迦牟尼佛和我们一样，会病、会老、会死，这是多么伟大的启发，经典上说：佛的死亡是一种示病、示死，他的死亡是一种示视，示现我们了解无常。释迦牟尼佛这么伟大的修行者都会面临死，而现在很多人把佛扭曲了，把佛变成神一样，接受非理性的崇拜，事实上佛是非常人性的。在我研究的经典里，发现证悟以后的佛也会生气，会骂徒弟、骂儿子，佛看到小孩儿在路边玩得很开心也会大笑。释迦牟尼佛是一个活生生的人，和我们没有不同，和我们不同的地方在于他的内在世界，他觉悟，他有慈悲的心，他有广大的智慧，这一点和我们不同，而不是表相上跟我们有什么不同。释迦牟尼佛通过了很多生死的考验，有一个很大的生死考验是：佛证道后没多久，他的族人、他的国家被灭亡了。释迦族被灭亡的故事是很动人的。

释迦族是被印度另一个琉璃王灭亡的。琉璃王的爸爸是波斯匿王，是释迦牟尼佛的大护法，琉璃王出生后也跟随其父亲做佛的弟子，长大后要去灭释迦族。释迦牟尼佛知道他的族人要被灭了，知道这是一种业报，他希望琉璃王改变他的心念，不要攻打释迦族。第一次琉璃王率兵要攻打释迦族时，释迦牟尼佛就站在两国的边界等待琉璃王，当琉璃王到边界时，看到伟大的佛站在边界，就没有去攻打，将兵马折回。第二次，过了几个月他又率兵攻打释迦族，到了边界，又看到释迦牟尼站在那里，他又折返。第三次又兴兵，到了边界还是看到释迦牟尼佛站在那里，就感慨地折回。第四次，琉璃王要出发灭释迦族时，在马上就发愿：今天若在边界又看到佛陀，我就不再攻打释迦族。兵马往边界前进，到了边界时，佛并没有出现，于是就将佛的整个族人灭掉了。

为什么佛没有出现？因为佛知道这是业报，若一直去阻挡，只会加深业报。佛有一弟子叫目犍连，神通广大，他对佛说："虽然这是业报，但族人不能全部被灭掉。"佛感慨地说："不行，无法挽救了。"目犍连说："用我的神通来挽救。"就把释迦族的几个人缩小，放在钵里，带到天上去藏起来；等到战争结束，释迦族全部被灭掉后，目犍连就到天上，把钵拿下来。当他打开钵时，钵里是一团血水，这些人都化为血水了。这使我们了解到：当业报来临时，死亡是无法避免的。

琉璃王为何要攻打释迦族呢？因为波斯匿王很喜欢释迦牟尼佛这一族的人，这一族都出俊男美女。据经典记载，释迦牟尼佛是很英俊的人，不但弟子阿难、难陀非常英俊，女的也都非常美。波斯匿王很想娶这样的妃子，但释迦族非常骄傲，找了一个较低贱的少女送给他做妃子，不久就生下琉璃王。琉璃王小时常随母亲回娘家，回去时常被取笑是卑贱种族所生的太子，所以他从小就怀恨在心，并发愿：长大后一定消灭这个国家。这点给我们一个启示：千万别发恶愿，千万不要瞧不起任何人，那可能会带来不幸。

生死的根本教法

释迦牟尼佛经历了自己的生死，经历了种族的生死，这一族后来在印度已经没有了。佛经历这些生死后，使他对生死有非常深刻的体验，而讲出伟大的、对于生死的教化。佛在成道时讲了很多重要的东西：一、三法印。二、四圣谛。三、八正道。四、十二因缘。

三法印就是用来印证这法是不是正法。它就是：一、诸行无常，二、诸法无我，三、涅槃寂静。诸行无常，就是一切的事物都是随时在改变的，有缘起就有缘灭。诸法无我，就是事物是没有实体的，不要执著于事物。涅槃寂静，是只有止息内在烦恼的人，才可以得到真正的喜悦、寂静。

第二个教化是四圣谛，就是四个对于真实的看法，即是苦、集、灭、道。苦就是痛苦，生、老、病、死、爱别离、怨憎会、所求不得，烦恼炽盛的痛苦。集就是它的痛苦是有原因的，由于情欲，因为有情欲就有生、老、病、死、爱别离、怨憎会、所求不得、烦恼炽盛。灭是治疗原因的方法。治疗的方法就是道，所以苦、集、灭、道就是要了解痛苦的原因，认识它、消灭它，用一些方法使我们走向道，走向正觉的道路。如何走向道？接着就讲八正道。所谓八正道即是：正见——翻成白话是正确的看法，对于生、老、病、死的正确看法。正思维——正确的思考。正语——正确的语言，说真实的话。正业——正确的行为。正命——从事正确的职业，好职业、不造业的职业。正精进——正确的努力。正念——正确的意念。正定——正确的禅定、安定。通过这八种修行的方法，让我们了解如何灭掉痛苦和原因。

十二因缘即是我们的过去世、现在世、未来世如何形成，未来会走向什么道路。一是过去世的因缘：一、无明：莫名其妙、来自黑暗的力量，也就是过去世遮盖我们的烦恼。二、形：即是业，过去世所带来的业。我们怎么会被投胎到这世界来？因为无明、形受到业报。在过去这两样推动着我们投胎到这个世界，投到这世界就进入了现在世。三、识：即一入母胎就生起五蕴，色、受、想、行、识。四、名色：即在胎里的前四个星期，形体慢慢地形成，这些在佛经里都记载得很清楚。当我们读到佛经时会非常惊讶，释迦牟尼佛怎么会了解一个小孩如何投胎、如何长大、成形、生下来后是什么样子。可见他是一位有广大智慧的觉者。五、六处：即是眼、耳、鼻、舌、身、意。表示从第五个礼拜至出生，我们的耳朵、眼睛、舌头、鼻子、身体和意念慢慢地成形。六、触：从出生到两三岁，我们的生命有一些单纯的认识。七、受：从五六岁到十三四岁开始感受到痛苦和快乐。八、爱：开始有贪爱的心。九、取：执著，由于贪爱就产生了执著。喜欢情欲者，对情欲执著；喜欢古董者，对古董执著。十、有：由于爱和取，就决定了我们的将来。

想到爱和取推动的力量，就使我想到一位朋友的故事：我有位朋友快要结婚了，他的女朋友很喜欢看恐怖电影。去看时，常拉我的朋友去看，虽然我的朋友不想去，但爱她只有陪她去看。每次看到恐怖的地方，他的女朋友会尖叫，捶打我的朋友。看完恐怖电影，女朋友很高兴，身心得到纾解。可是我的朋友觉得很恐怖，想到要和她结婚，每星期看三场恐怖片，都不知如何是好。有一天他告诉我说，他真的不知道该怎么办？我就说，我请她来吃饭，劝劝她，于是请他们吃饭。吃饭时，我就问她："是不是很喜欢看恐怖片？"她说："对啊！"我问她："台北现在有哪部片子比较恐怖？"她就告诉我，还倒背如流。我就问她："你有没有想过，为什么那么喜欢看恐怖片？"她说："没想过。"我说："有一个可能性，你很可能是从那里面来的。"她说："不可能的。"我说："我们就假定你不是从那儿来的，可是我们可以确定你去的地方。因为你一个星期看三场恐怖片，一个月有多少场？一年有多少场？这样继续看下去，将来一定会到那个地方去。”她听完后，吓坏了。我说：“这是有可能的，因意识一直取那个东西，就会进到你的内心世界。你现在非常年轻、非常健康，不会觉得有什么恐怖。等到老了，生病了，躺在医院里，半夜突然听到脚步声时，从前看过的影像就会从你内在里生起。”从此以后她不敢再看恐怖电影了。这就是由于爱、取而有，因为一直去取坏的，最后会形成一个坚固的东西。当佛教讲到感应时，它是真实存在的。因为一直取好的，就会和好的感应，就好比把电台调至台湾“中广”，就会收到台湾“中广”的音乐。

想到从前在读书时，喜欢听鬼故事、讲鬼故事。有一次，同寝室有个姓廖的同学就提议，等期末考考完后，每人准备一个听过的、最恐怖的鬼故事，大家都说好。当天考完试，将寝室的桌子并起来，中间点一根白蜡烛，开始讲鬼故事。一开始，大家都红光满面，讲完两三个后，脸就开始发青，四五个后，就有人开始发抖，挤在一起，越讲越恐怖，讲到最后一个时，牙都粘在一起、舌头快吐出来了，吓得要命。我们就催最后一个快讲，讲完后就解散，他说他不敢讲，大家一直催他，他就说 :“刚刚你们讲鬼故事时，我发现你们讲的鬼都站在你们后面。”讲完后，所有的人惨叫一声，冲出去，结果那天晚上，大家都躺在山坡上，不敢回寝室睡觉。

如果有很强的电波都接收了不好的东西，接收了贪、嗔、痴、慢、疑，接收了恐怖，接收了黑暗，内心就会改变，外在环境也会改变。反过来说，像寺院里很清净、教堂里很清净、大学的教室很清净、家里的书房比厕所清净，因为这里常得到频率的调整。像北港妈祖庙，每次朝圣，有几十万人跪在那儿，把他们好的、虔诚的、单纯的心回向到寺院，这寺院当然很清净，不管你是什么教徒，进去都能感应到清净。这是有、是实有，由爱和取而有，所以这个“有”可以决定我们的将来。

二是未来世的因缘：由前面的十个因缘，使我们找到一个地方去诞生，所以十一的因缘即是——生。生是带着过去世的业、过去世的无明而投生。不要以为现在做的事，将来不会呈现出来，因为现在所做的事都与将来的生有关系。将来要选择怎样的父母、选择自己的身高，是男、是女，都与此有关。如果现在很爱女生，将来就会投胎做男生。十二、由于生，所以有老、死。从三法印、四圣谛、八正道、十二因缘，使我们看到佛教的整个精神是用来面对生死的。由于面对生死，要使我们坦然，由坦然使我们放松。现在我们已经知道生死是不可避免的，那么就尽量放松，用感恩的态度来看待生死。

每一天往好的方向去活

通过一些方法，使我们因为放松而得到超越，由于超越而得到解脱。佛教不把生死看成是特别的事情。经典上，佛有十大弟子，但在经典上很少记载他弟子的死亡。因为在佛教，死是很平常的，不须特别记载。唯一特别记载的是目犍连。目犍连是佛的弟子里神通第一的，最后在街上让外道用乱棒打死。神通如此大的弟子竟这样的死，给我们两个很大的教化，就是：一、神通不如智慧。二、神通并没有办法逃避业力，敌不过死亡。

我们对生死有基本认识后，现在要如何好好地来过我们的下半辈子？在理上，我们知道有生生死死，有无数的轮回和未来。事实上，我们只有今天今世，我们不可能看到我们的未来、我们的过去。除非修行到很高的境界，但一般人没有这种境界。所以我们不要管过去和未来的事，而是要活在每一个今天，活在每一个眼前，往好的方向去活，就没有死亡的问题。

在经典里有一位叫释摩男的人，他问释迦牟尼佛：“像我这样好的人，每天都念佛修行，如果有一天突然被车子撞死，在被撞死的那一刹那，我忘记念佛，也没有人为我助念，甚至忘记了三宝，这时，我会往生哪里?”因为经典上说人死时要念阿弥陀佛，一心不乱，才能往生净土。佛笑着说：“有一棵大树，生出来就往东边长，有一天，突然被雷电劈倒，它会往东边倒？还是西边倒?”释摩男说：“当然是往东边倒。”释迦牟尼佛说：“对。善人死后必往生善处，不管他是怎么死的，只要他是善人，死后就会往善的地方去，你不用害怕。”释迦牟尼佛有一次带领一群弟子到一村庄，看到村庄里刚好有人在为他的亲戚超度。阿难问佛：“世尊，他们这样超度有用吗?”释迦牟尼佛捡起一块石头，走到花园的古井前，将石头丢下去，“咚”地一声，石头就沉到井里，佛就说：“你们现在围着古井开始念经，让石头从井里浮上来。”弟子说：“世尊，这是不可能的，石头已沉入水底，不可能浮起来的。”释迦牟尼佛说：“所以，你们要好好修行，不要让你们的石头掉到井里去，否则若要浮起来，就非常艰难。”所以要好好地活在眼前的每一时刻。

曾经有人问我：“我是念佛的人，我太太是基督徒，儿子信天主教，我死时无人为我助念，怎么办?”我说：“别担心!

从今天开始为自己助念，这是最好的方法，因为每天都是一个生死。”

禅宗里非常讲究“当下”的精神，亦即看脚下的精神，日日是好日的精神，即使死也是要死得很好看的精神。有一次，天皇道悟禅师问石头希迁禅师：“除了定慧，我们要如何告诉别人怎么来超越这个世界？怎么来超脱？”石头禅师说：“我这里没有束缚，谈什么超脱？”天皇道悟禅师说：“你说得太玄，如何让人了解？”石头禅师说：“你是否懂得般若真空，是不是知道智慧是空性的？”道悟说：“我早就懂了，真空不碍妙有，妙有即是真空。”石头禅师说：“没有想到你还是那边的人。”道悟说：“你怎么知道我是那边的人？”石头禅师说：“因为你的身体就是证据，你还有身体，身体不是有来处吗？”天皇道悟禅师说：“你说的，我都懂，但是我们究竟还有什么更重要的事来告诉我们的后人呢？”石头禅师突然大喝一声：“谁是你的后人？”他讲完后，天皇道悟满头大汗，开悟了。谁是你的后人？如果你不开悟，你就会再投胎，做你儿子的儿子。谁是我们的后人？我们就是自己的后人，没有人是我们的后人，我们的儿子、孙子很可能是我们的曾祖父来投胎，来教化我们的。在这宇宙上没有后人，前前后后，生生死死，如果不在生死里解脱，将来我们就是自己的后人，没有另外的后人。不要想以后的问题，不要想后人的问题，自己的解脱才是最重要的。

天柱崇惠禅师被弟子问到："达摩未到中土时，中土有没有佛法?"天柱崇惠禅师回答："你不要管达摩有没有来中土前的事，你要管你自己的事情。"弟子听不懂，说："弟子不会，祈师指示。"天柱禅师讲了八个字："万古长空，一朝风月。"只有善待今朝的人，才能做万古的追求，因为每一个万古，都是由现在的每一秒钟堆积起来的。只有看到长空的人，才懂得风月之美。看到长空，就是没有生死，看到生死后面有一个大背景，所以活着时才会珍惜每一个风月。没有今朝，万古就要落空，没有此刻风月，茫茫的长空就没有意义。

日本密宗的祖师空海大师从日本到中国来求法时，跟一支船队一起出发。在海峡碰到台风，无法前进。同行的和尚都躲在船舱里念佛、念经，希望使风雨停住，但风雨不但没有停住，反而越来越狂暴。此时，空海大师走到船头，对着天空说："不要制止风，愿将此生化为风；不要制止雨，愿将此生化为雨。"结果风雨停了。他后来说过两句话："没有此世，就没有彼世。逃避今生，就没有来生。"所以不要把我们的希望寄托在来生，因为今天都不能珍惜，哪有来生？今天都无法品尝这杯咖啡的味道，如何品尝极乐世界的味道？如果今天不能品尝生的美，就无法品尝死后的美。

经典上告诉我们，一个人投生到极乐世界的情况是“此没而彼现”，是很快的意思。即是这里有朵莲花，随时都开着，当死的时候，莲花就开在净土。如果你在这里根本就没有莲花，死后净土的莲花就不可能开放。净土宗说：“不可以少善根福德因缘，而投生彼国。”善根福德是从此刻今生建立起来的。释迦牟尼佛说：“此有故彼有，此生故彼生。此无故彼无，此灭故彼灭。”因此不只是活在世上没有生死的问题和断灭，即使转化到另一个世界也没有生死和断灭，如果再停止生死的轮转，就要从此刻开始。如果要超越生死，就要每一个时间都认识生死，并且珍惜活着的时光。

我自己有一个很简单的、关于生死的修行方法：每天睡觉时就想，今天睡着了，明天不会再起来了。这样想，就可以睡得很好，因为想到明天没有什么事干扰我，就会放下今天的一切忧伤，甚至放下以前的一切忧伤，就不会对这个世界有所计较，也就不会想到有人欠我一万元，坐出租车去向他要一万元，要一万元回来做什么？明天就要死了。躺下来安心地休息吧！明天可能就死了。我们的死，就好像睡眠一样。有人想：“明天就会死，这样太消极了！”不会消极，明天醒来，张开眼睛赶快爬起来，因为还没死，还有一天可活。如果我们珍惜每一天，知道生命是无常的，就不会顶撞父母，把爱放在一天里，就不会和亲人争吵，会珍惜和孩子、同事在一起的时光。若讨厌的同事坐在你旁边，想到明天可能会离开这个世界，就不会那么讨厌他；若想到还有很长的时间要和他做同事，才会讨厌。如果每天都做一个生死的观想，就没有什么可以讨厌的了。这样就可以每天都好好地睡着，第二天又可以充满精神醒过来。

前一天里的睡着，在禅宗中叫“放下”，放下一切的烦恼和忧伤，好好地睡吧！明天没有什么更重要的事了。醒来立刻去做该做的事，在禅宗里这叫“承担”，把事情承担起来，尽最大的努力去完成它。如果每天我们都学习放下和承担，时间久了，自然可以放下生、放下死的问题，承担起生的存在，所以生死不是那么可怕。我们要尽量地放松，面对生死的问题，这样才可以开发我们的智慧，不会成为凡夫俗子。所谓的凡夫俗子就是不认识无常，才会变成凡夫俗子。如果对无常有深刻的体验和认识，就会奋起把生命的内在意义发挥到更大的能量。不论是不是佛教徒，都会使人生充满新的价值、新的意义。

讲了这么多，一个重要的观点即是：“珍惜今天就是珍惜今生，珍惜今生就是珍惜永生永世。”有这样的珍惜，我们就会有一个感恩的、光明的、善良的态度来面对世界。

第四讲·禅定的人格

如何将“禅定”和我们的人格、生活结合在一起，这才是“禅定”对现代人的意义。

何谓“禅定”?“禅”字的左边是表示的“示”，右边是单纯的“单”，所谓“禅”，就是单纯的表示；示的意念，单纯的表示、单纯的意念、单纯的生活、单纯的生命风格，就叫做“禅”。早期原始佛教对禅的看法是“静虑”，安静的思虑，也就是：一、停止思想；二、专注于一境，注意力集中在一个境界；三、正确的思虑。翻译成白话，原始的意思是：把心专注在某一个对象上，处于一种非常寂静的思维状态，这叫做

"禅"。何谓"定"？直接说不容易理解，从背面说：和散乱相对的就是"定"，如果我们远离散乱就是定；亦即将散乱拿掉，一个人就处在定境，也就是将我们的精神专注于一个对象，使我们达到不散乱的境界，这叫做"定"。

在原始佛教中，"禅定"是合在一起的，专门指一个人通过一些方法而达到平安的状况，这样就叫做"禅定"。传到了中国后，禅有了新的发展，就是将"禅"变成生活化、人格化，甚至跟人有很密切的关系。现在要讲"禅定的人格"，意思是：不只在蒲团上或在森林里，一个人可以静虑思维。为何会建立起这样的观念？并非凭空而来，在《菩萨持地经》上，讲到禅波罗蜜有很多的外相：

一、自性禅：当一个人自性显露后，无论何时，都能处在禅定的境界。

二、一切禅：在生命里的一切都不离禅法。

三、难行禅：一个菩萨为了利益这世界的有情而生到欲界来，这样的投生，本身就是一种非常困难的禅定。一个人生在这样的时代，这样的环境，是一种很难行的禅定。

四、除烦恼禅：要通过禅定的建立，除去自己的烦恼和众生的烦恼。

五、此世他世乐禅：为什么要学习禅定？因为要使我们在这一世和未来很多的世里都可以得到真实的快乐。

六、清静禅：要断一切惑，使自己清净，现在，就是最好的时机。

因此，从这部经典中得知，禅定的人格是有理论基础的，而“禅定的人格”是可能达成的。

超越形式主义的佛法

为什么要建立“禅定的人格”？是为了要使修行落实在生活的每一个层面，免于变成形式主义的佛法或形式主义的禅法。什么是“形式主义的佛法”？例如：现在有很多人在修行，修行时都要做早、晚课，早上留一段时间在佛堂里念经、念佛、拜佛，晚上也一样。这个人在佛堂时非常虔诚、平安，并且非常神圣及庄严，但是，当他走出佛堂后就变了一个人。他可能跟太太吵架、打小孩，可能是一个冷漠、暴力、不庄严的人等，做出很多在佛堂不会做的事，也就是佛堂和外面是分开的，这就是形式主义的佛法。形式主义的佛法使我们无法了解佛法的真义。

有一天，我在忠孝东路的松林素菜馆吃饭，吃饭时听到隔壁两位年轻的女生在争论。争论什么？原来其中一位年轻的女生是佛教徒，另外一位不是佛教徒，那位佛教徒女生正在说服另一位要学佛、信仰佛教，会有很多很多的好处。另一位女生不以为然，这位信仰佛教的女生讲到后来就着急了，着急到站起来问另外那位女生："你记不记得我以前脸上长了很多青春痘?"非佛教徒的女生说："记得！记得!"佛教徒的女生说："自从我念阿弥陀佛后，青春痘都不见了，你还不学佛啊!"我听了以后，吓一跳，真了不起，念阿弥陀佛后，青春痘都不见了。如果学佛有这样的好处，那就很简单。可以拍两张林清玄的照片，一张是学佛前，一张是学佛后，登在报纸上，上面写"林清玄佛法美容中心，保证七天见效"。

可是，万一一个人进入了佛法的世界或学了佛法，不但青春痘没有消失，反而长了更多，那怎么办？甚至长了黑斑，又怎么办？这时候还要不要学习佛法？如果将佛法建立在这样薄弱的基础上，一个人就很容易退失道心。所以，禅定的人格很重要，可以破除形式主义的佛法。形式主义的佛法并不是不好，而是无法了解真实意。譬如：有时我们到庙里，常会听到有人在敲木鱼，"扣、扣、扣"。有一次，我听到有人敲木鱼敲了很久，我就问师父："这样一直敲，有用吗?"师父说："有啊！扣、扣、扣、扣，扣久了也会'锵'。"他一讲，果然就听到敲引磬，"锵"一声。扣久也会"锵"，想一想，"扣"久万一没有"锵"，怎么办？如果我们每天敲木鱼，可是在心性上没有改变，人格上没有改变。没有"锵"一声，那怎么办?

当一个人开始进入佛法时，免不了会建立一个很坚固的形式，而这种形式很难破除。我刚开始学佛时，是一个非常狂热的佛教徒，碰到人就劝人学佛，甚至到医院去劝人学佛。因为在《阿弥陀经》里说到，如果人要死时，念十句佛号，一心不乱，就可往生极乐世界。太好了！当时我家住国泰医院旁边，就常到国泰医院去，看到哪个人快死了，就告诉他："你现在赶紧念十句佛号，只要一心不乱，就可以往生西方极乐世界。"有一次被一位老先生骂："我都快死了，还说这些有的没有的。"当时我就是这么一个狂热的人。有一天，我一个在乡下教书的姐姐打电话告诉我，她想到台北旅行，要在我家住一个星期。我说："好啊!"我姐姐是天主教徒，在她来之前的几天，我就想：如何来度化我姐姐？后来我就列一张功课表，第一天讲什么，第二天讲什么……列了一张很长的功课表，心想：如果她住一个星期，一定可以使她学佛。

当她第一天来，行李刚放下，我就对她说："大姐，我有一件很重要的事要告诉你。"立刻就在客厅里对她讲佛法，告诉她："如果你不学佛，你这辈子没有希望了，应该好好地学佛。"我就一直对她"说法"，说到半夜快三点。她一直打哈欠，说："可不可以明天再说，我想睡觉了。"我说；"好，还有更精彩的，我明天再说。"

第二天早晨，心想：早餐时也应该跟她说法。打开房门，发现我姐姐已经不见了，桌上留一张字条："我恐怕无法在你家住一个星期，我还是去住朋友家比较自在。"我心里觉得奇怪，这个世界上怎么会有人不喜欢佛法呢？就赶快打电话问姐姐，为什么到朋友家住？我姐姐说："我现在很怕看到你，因为这次看到你，就使我想到昨天坐火车要来台北时，在火车上碰到一个跟你长得很像的人，那个人面无表情，拿一个牌子在火车上走来走去，牌子上写四个大字：'神爱世人。'你现在就像这个人，只是将'神'改为'佛'，'佛爱世人'罢了！"这就是形式主义的佛法，因为自己没有得到佛法的真实意，也就无法使别人得到佛法的真实意。

这世界上有很多东西是挂着佛法的名字，而事实上对我们的修行是没有意义的；有很多东西没有挂着佛法的名字，但对我们的修行却有帮助。有一天，我到台中的一个寺院去，有位师父送了我一卷录音带，告诉我说："这是新的佛教歌曲，你拿回去听听看。"我就很高兴地从台中带回来。回到家门，我的儿子正在听录音机，我告诉他："你现在不要听，爸爸有很重要的录音带要听。"他很不情愿地关掉，我就将录音带放进去听。听完第一首，我的小孩就对我说："爸爸，好难听。"我说："前面比较难听，忍耐一下，后面可能会好听。"后来放到第三首时，全家人一致说："好难听，赶快关掉。"关掉后，我的儿子说：“爸爸，你听听我的录音带。”我拿来看，放来听，录音带上面写的是：《其实你不懂我的心》。我就注意听这首歌：“你说我像云，捉摸不定，其实你不懂我的心；你说我像梦，忽远又忽近，其实你不懂我的心……”我听了非常感动，这就很接近佛法。“其实你不懂我的心”翻成禅宗的语言是寒山子写的一首诗：“吾心是秋月，碧潭清皎洁，无物堪比伦，教我如何说?”这译成白话就是其实你不懂我的心。当时给我一个很大的启发：如果我们要学佛，就要学佛的心，而不是学佛的形式。这世界上有很多事物标着佛法的名字，事实上并不是佛法。因为它不能开发我们的智慧，不能使我们更慈悲，不能使我们更有定力，这样的东西对我们就没有帮助。如果我们可以破除这些形式主义的佛法，就可以了解释迦牟尼佛的心。

我读《阿弥陀经》时很感动，常常送朋友《阿弥陀经》。有一次我送《阿弥陀经》给一位朋友，我说：“你看《阿弥陀经》记载极乐世界的情景。在经典里记载极乐世界是：黄金铺地，七宝楼台，莲花大如车轮。风一吹，树都放出音乐，天上不下雨，都下花，鸟都对人说法。”我就告诉我的朋友：“你要好好读，以后我们在极乐世界相见。”朋友读完后愁眉苦脸告诉我：“我比较希望住在有草的地方。”我问：“为什么?”他说：“如果穿皮鞋走在黄金铺地的地方，‘扣、扣、扣’的好紧张，如果走在草地上就觉得很自然。我也不希望鸟每天都对着我说法，我希望鸟只要唱歌就好了，如果一只鸟每天对着我说法，我一定很烦。”

这个朋友的话给了我一个启示，就是：凡是在佛经里记载的东西都是一种象征，在极乐世界里象征的是一个光明、善良、好的、最究竟、最圆满的地方。如果我们心里希望极乐世界是有草的地方，那么将来到了极乐世界，我们住的地方就有草。这是一个很重要的观点突破。如果我们不能使生命自由，那么佛法将会变成形式主义的佛法，所有的佛教徒就会变成很严肃、脸臭臭的、看了很可怕的人。

有一天，我在百货公司游逛时，有个人拿了本书要我替他签名，对我说：“哎呀！林先生，没想到你也会逛街。”我听了吓一跳，我不能逛街？难道我要每天躲在家里吗？佛教徒也可以逛街，也可以做一些平常人做的事。如果因为信了佛反而使我们的心胸更狭小，生活反而更不快乐，变成痛苦的人，对这样的人，佛教对他就没有利益。如果佛教变成一种形式、变成一种负担，那对我们是没有利益的。

有一次我去参加一个朋友的婚礼，他结婚办的酒席都是大鱼大肉，除了我也请了另外一位佛教徒，我们两个都是吃素的。当大家吃得兴高采烈时，那个人走进来坐在我旁边，长叹一声，很严肃地说："你们每天继续吃这些，以后一定会下地狱!"大家听了，吓坏了，婚礼的气氛都破坏了。如果我们变成一个不圆满、不开明、不自在的佛教徒，那是很可怕的。在《六祖坛经》里曾记载，六祖慧能从证道一直到出来弘法的十几年间，都住在猎人队里，和那些打猎的人住在一起，每天和他们一起吃饭，在这十几年间，没有一个猎人知道他就是证道的六祖慧能。我读到这个地方时非常的感动，这是多么伟大的胸怀！多么慈悲、圆满。如果我们要学佛，就要有像慧能这样伟大的胸怀。

落实到世间的生活

这里所讲的“禅定的人格”就是要使我们完全地、整个地、全人格地落实到这个世间的生活，从一个完整的人来做起。

并非我们不相信有来生，而是知道没有此世的努力，来生就会落空。在这个世界之外，我相信有极乐世界、有地狱、有饿鬼道、有阿修罗、有很多我们不知道的空间，但我相信这些空间也同时存在于我们的内心。作为一个人，我们的内心就有地狱、有天堂、有畜生、有阿修罗、有很多不同的状况。就谈恋爱而言，当我们在谈恋爱时，就仿如住在天堂；当我们失恋时，就仿如住在地狱里；当我们结婚的那天，我们就回到了人间。所以，天堂、地狱、人间，都不在遥远的地方，而在我们的心中，也就是在这个世界里展现。如果我无法在这世界中养成有禅定的人格，就会产生一些危险的状况。

我记得曾看过一本《久米仙人》的书，是日本很有名的小说家武者小路实笃的作品。他说，有一位久米仙人，谈恋爱失败，就发愿修行，从这一世起要解脱情欲的束缚。他独自跑到山上去修行，修行了三十几年，已经得到很大的神通，可以呼风唤雨，将云叫来，坐上去到各地云游。当他修成神通时，第一次坐上云头，飞到城市的上空，经过一条河，看到一位少女在那儿洗衣服，他一看，心里动了一个念头："这女人的小腿好白。"结果，云立即碎掉，仙人就从云上掉下来。看！这样一个念头，就将一个人三十年的修行完全粉碎，这就是禅定的人格没有建立。

当我们看到佛教的经典，有时会看到一些警人之处，譬如，看到戒律，其中一条戒律是："罗汉不三宿空桑。"翻译成白话是，修罗汉行的人，不应该连续三天睡在同一棵桑树下，以免对桑树留情。我们每天都睡在同一张床上，对床很留情，罗汉不三宿空桑，这是可以达到的境界吗？譬如，在大乘的菩萨戒有一条：菩萨如果听到隔壁女人的环佩声，就犯戒了。为什么犯戒？为什么你听到"隔壁的环佩声"，就立刻想到"女人"？这就犯戒。像这些戒律，若从外在的压制是无法达到的，如果一个人能建立禅定的人格，就有可能达到。

一个人如何有"禅定的人格"？它会在人生里做几种角度的展现？

觉悟的态度

建立禅定的人格首先要从觉悟的态度呈现出来。很多人总觉得“觉悟”很难。“觉”下面是一个见，“看见”。“悟”的左边是个心字旁，右边是个吾，“我的心”。“看见我的心”就是觉悟。什么叫“开悟”？打开我的心，就是“开悟”。所以“觉悟”和“开悟”不是很遥远、不可及的，如果有一天突然觉得我的心打开，这就是我们的觉悟。这觉悟可能很大，可能很小。但无论大、小，只要是心被打开，这时就叫“悟”。

我们常在禅宗祖师传记里看到，有些祖师在一辈子里小悟数百回，大悟几十回。因为小悟时，小小地打开他的心；大悟时，大大地打开他的心；而“大彻大悟”，就彻底打开他的心。“小悟”是从哪里建立起？就是从“觉悟”，觉悟从前的过错而建立起来。所以，觉悟的最基本部分是“觉非”，察觉到过去的错误。这种觉悟的来临，有时是无法理解，突然来到的。

我在学佛的过程中，有一个非常重要的觉悟经验是：三十一岁时，我在报馆当主编，有位朋友送我一本《至尊奥义书》。当时报馆的工作每天都工作到半夜，有天工作到半夜在等看大样时，就将那本书拿出来看，打开第一页，上面写着："一个人到了三十岁，要把所有的时间用来觉悟。"看了吓一跳，因为那年我刚好三十一岁，就想："为什么我都没有觉悟？不但没有全部的时间，连一天都没有觉悟、一分钟都没有觉悟。"以后就常常想到觉悟的问题，什么叫"觉悟"？这句话就常在单独一个人的时候，打我一巴掌，并在内心里呐喊："三十岁时要把所有的时间用来觉悟！"后来我才知道，为什么这本书这样写，因为从前的印度人很少活到四十岁，三十岁就是晚年了，所以很紧急，要把全部的时间用来觉悟。觉悟的第一个层次就是"觉非"。

"觉悟"的第二个层次就是提高我们生活或生命的境界，从最基本之处提高。日本人对禅道有个很好的观点，他们认为：所有在这世间一切人的生活，若进入一个比较高的境界、层次，他就进入了道的境界。所以在日本，插花叫"花道"，喝茶叫"茶道"，武士叫"武士道"，比剑叫"剑道"，相扑叫"相扑道"，打麻将叫"麻将道"，什么都有道，你只要打麻将打得很好也进入道的境界，这是多么了不起的见解。有一天，我在东京的一家大书店看书，这个大书店有一面墙都是佛教的书。根据统计，日本有九千万人都是佛教徒，所以佛教的书很多。看书时，看到一本书叫《厕所的使用法与禅》，打开来看，上面写：如果大便拉得很好就进入了道的境界，接着写如何大便拉得很好，学问很多，写成了一本书。真了不起。另外一本书叫《无痛分娩与禅》，一个女人若生小孩生得很好，就进入了道的境界。所以，一切无不是“道”，只要将生活里基本的东西提升到比较高的境界，就进入了“道”的境界，也就进入了“觉悟”的境界。因为在提升的过程中，会有使心胸多次打开的经验。

这种觉悟的过程是人生根本的解救之道，而最重要的觉悟是什么呢？就是生命是无常的，生命是缘起的，在无常和缘起里，没有比发现自己的心更重要的。在第一讲中我曾经讲到无常、缘起，人应该时常把无常记在心中，如果没有把无常记在心中，就会产生一种可怕的状况，就是无知、迷惑地活在这个世界，自己还不知道。

今天再举几个例子讲无常所带给我们的无知和迷惑。有一天，我到淡水的观音山，我三年没到观音山了，到了观音山吓我一跳，沿海岸的这一面全部都被开成坟墓，以前很漂亮，现在竟全都改观了！这些坟墓全都是有钱人的。如何知道是有钱人的坟墓？因为占地都很大，而且都是用花岗岩和大理石铺成的，我看了感慨很深。站在墓碑那儿，看着淡水的夕阳落下，很美的风景，就想到：这是个有钱的人，选择一个很好的风景埋在这里，这个有钱人很可能一辈子都在努力地赚钱，没有时间看风景，有一天他要死了，存了很多钱，找了一个风景好的地方埋葬，这样就可以天天看风景。但问题是，这个有钱人再也没有机会看风景，因为他已经死了，这就是无常。台湾有一句俗语说得好："在生一粒豆，胜过死后一只猪。"意思是，如果要孝顺父母，现在就要孝顺，在父母生前给他吃一粒豆子，比他死后给他拜一头猪，还要有用得多。对个人也一样，我们生前好好地吃一粒豆子，比我们死了以后，别人替我们拜一头猪重要得多。生前如何好好地吃一粒豆子呢？就是要"觉悟"。

我记得在去年，南台湾有个非常有钱的人，他留下七百多亿的财产，由于他有很多子女，财产分配不平均，所以在他死后，子女不让他出殡，还贴标语在灵堂，上面写着："大哥你不得好死。"因为大哥的财产分得最多。结果，三个月后，大哥也死了。其实其他的孩子并不是没有分到钱，可能是分得比较少，所以心里就充满了恨。我看到这则新闻心里非常感慨，这个有钱人如果不要赚那么多钱，或者赚了钱布施一些给这个世界，那么他死后只留下七元，一人分一元，就不需要争吵。因为留下七百多亿，就生出很多的是非和烦恼，这就是因无法体验到无常，就会迷失在这种无知里。佛法就是要提升我们的生活智慧，使我们从无常、迷惑中开启出来。

接着再讲一位龙树菩萨的故事。龙树菩萨第一次读到《阿弥陀经》中阿弥陀佛的愿力时，非常感动，感动得流泪，就发愿：“我这下半辈子，一定要用来弘扬净土法门。”所以就越过恒河的北岸往南岸走。这时释迦牟尼已入灭很久了。龙树就开始弘扬净土法门，当他在弘扬净土法门时，有很多人来跟随他。龙树是位非常诚恳、柔和、非常诚实的人，那时印度的佛法已经开始走下坡，而且有个阶级叫“不可触”阶级，这种阶级的人身上都带着铁片，以便使听到铁片声音的人都走避，因为大家认为看到这种阶级的人都会倒霉。龙树到这个地方看到这样的人时，就走过去，将他们的手牵起来，说：“你们的生命虽然这么苦难，但我可以教你们一个方法，只要好好地念阿弥陀佛，将来就可以往生极乐世界。”这些人非常感动，因为在他们长大的过程里，从来没有人碰过他们，现在居然有个修行者来牵他们的手，所以大家都很感动地跟随龙树，合力在郊外盖了一座庙，让龙树在那儿弘扬净土法门。由于跟随龙树的人太多，将以前修行人的地位都抢走了，这些修行人很生气，就派了三个很强壮的人去打击龙树。有一天，龙树走在街上时，这三个人就去拦住他，问他：“你讲的净土法门是虚妄的。”龙树说：“怎么会是虚妄的呢?”这三个人说：“那么请问你，你有没有看过阿弥陀佛?”龙树说：

“没有。”因为他是个非常诚实的人。这三个人又问：“如果你没见过阿弥陀佛，请问你有没有去过西方极乐世界？”龙树说：“也没有。”三个人又问：“那你怎么可以说这是真实的呢？为什么你敢在这里弘扬这种虚妄的法门呢？”说完就要打龙树，龙树站在那里发呆，不知如何是好，幸好有个龙族酋长把他救了。

龙树回到庙里后，心里非常感慨：“对啊！我每天跟别人讲净土法门，但我从来没见过阿弥陀佛，没有去过极乐世界，我有什么资格讲净土法门？我一定要将道理研究清楚，再来讲净土法门。”结果独自到山洞去闭关，四天四夜都没睡觉，一直苦思这个问题。到了第五天，已经累得无法再思考，当眼睛快闭起来时，就用手去抹眼睛，抹完眼睛后他发现一根眼睫毛掉在手指上。他看了跳起来，这时他得到一个很重要的悟，就是：“连我眼前自己的眼睫毛都看不见，我有什么资格讲净土法门？”这时龙树得到很大的开悟，就是悟到：“佛法是为提升我们的智慧而存在的，为了生命的希望而存在的，保持现世的希望和智慧正是走向净土的道路。”所以龙树又回到了人间，开始弘扬别的法门，弘扬密宗、禅宗等很多的法门，后来，龙树成为大乘八宗的祖师。龙树因为看到自己的眼睫毛而得到很大的开悟，回到了人间世界，所以“觉悟”是非常重要的、建立禅定人格的一个呈现。

专注的生活

建立禅定人格的第二个呈现是要专注地生活。

一般修行的人都会有种错误的执著，就是执著于有用的东西。例如，认为礼佛、拜佛、念经、法会、超度等，都是有用的。认为人间很多东西都是没有用的，例如，逛百货公司、读书、喝茶、求知识、听音乐、跳舞、洗澡等都是没用的。

这样人生就分开了，其实任何东西都是有用的。在《楞严经》里曾记载：有十六位修行者，他们经过很久的修行都无法开悟，有一天，其中的一个提议："我们去洗个澡吧。"因为很久都没有洗澡，后来这十六个人跳下去洗澡时，同时得到了开悟。如果他们不洗澡就永远得不到开悟，正好在需要洗澡时，洗了一个很好的澡，使他们得到开悟，所以洗澡很有用。运动、爬山、聊天都是很有用的。有用和无用不在于它所呈现的形式，而在于心的态度；也不是说我们正在做什么事，才是有用或无用，而是我们要专注地做好每一件事，这才是修行。

在铃木大拙的书里有则这样的故事：有位瑞士籍研究禅学的教授，千里迢迢从瑞士到日本跟铃木大拙辩论。这位瑞士教授认为自己很懂禅，就对铃木大拙说："你们东方人真了不起，比西方人厉害，在夏天这么热的情况之下，可以讲出'心静自然凉，心净则国土净'，这里面有多么深刻的禅心。"铃木大拙就笑了一下："我觉得在发明冷气机的过程里，也有很深刻的禅心。"读到这，我非常地感动，一个发明冷气机的人，当他觉得很热时会想，有没有一件东西可以使我们凉快，这就是冷气机的发明动机。后来他发明出来，就使很多人都得到了凉快，在这个过程里就有禅心。所以有用和没有用，完全在于心的态度。

在禅宗经典里有这样一则故事：有一天，石头希迁禅师带着他的弟子石室和尚去爬山，走到小路上，被一支小树枝挡住。石室和尚在前开路，就转头跟他的师父说："师父啊！柴刀拿来，前面被树枝挡住了。"石头就拔起腰间的柴刀递给他，说："拿去。"石室转头要接这把柴刀，正要握下去时却没有握，因为发现师父递给他的是刀刃，石室说："师父，不是这边，要递刀柄给我才好。"石头就对他大喝一声："刀柄有什么用？"当时石室就在小路上大彻大悟。刀柄有什么用？这世界上有很多东西是没有用的，麦克风的支架有什么用？我们要的是麦克风而不是这个架子。花的枝有什么用？我们要看的是花不是枝。表带和表壳有什么用？我们要看的是时间，不是表壳和表带。这个世界上有太多的东西是没有用的，可是若没有这些东西支撑，有用的东西就失去了意义。

这给了我们一个启发：如果没有人间事物的支持，往生净土就成为虚幻的事，因为有人间才有净土的意义。何谓“专注”？应该专注到什么程度？有一天我到一位朋友家，发现他有一个很大的书架靠着墙壁。这书架上放了十几本精装的日记，我看了肃然起敬，没想到这个人写了十几年的日记，这需要有很坚强的毅力。我就对他说：“没想到你竟写了十几年的日记。”他说：“没有一本写的超过七天。”他说，他年轻时读了很多伟人的传记，发现伟人都会写日记，所以他就买了本日记，发愿要写日记。结果第一年写了五天就写不下去了，因为日子是那么单调乏味，没什么意思，就将日记归档。从归档那天，他就开始后悔，因为成为伟大人物的希望没有了，于是又发愿明年要写日记；到了过年时就去买了一本更好的日记本，这一年写了三天就归档。第三年写了七天，到后来就不写了。但为什么不写了还买日记本，他说：“每一年买一本日记本放在书架上，可以想到从前我也是一个想成为伟大人物的人。”他说：“生活是那么单调、无聊、乏味，写日记有什么意思？”

生活怎么会那么单调、乏味、每天都一样呢？只因为不专注。如果我们很专注地看这个世界，会发现每天都不一样，这个世界每天发生多少事？一个国家可能在十七个小时内就被灭亡；每天起床照镜子都会发现，头发又白了一根、又掉了几根，鱼尾纹又长出来了……很多的变化，而每一个变化都可以启发我们的悟。

我有个朋友学禅，学了三十几年，修行很好，叫周梦蝶，是很有名的诗人。他生活得很专注，因为生活的专注使他做很多事都很慢，吃饭很慢，所以我们和他吃饭都要等很久。有一天，我和他在一起吃饭，吃了两个多小时他还在吃，七八个人在等他。我忍不住就对他说：“周公啊，想请问你，为什么你吃饭吃得那么慢？”他就说：“如果我不这样吃，怎么知道这一粒米的滋味和下一粒米的滋味有什么不同？”这是多么专注！每一粒米都不同了，每天当然不同。每天喝茶，每一杯都是不同的。这种不同有：心情不同、环境不同。你的变化很大，只是有没有发现到而已。专注自己的生活，会使我们得到禅宗里重要的东西，像悟、空性、无心等，都可以在专注的生活里得到。

我曾读到一本书讲得很好：从前有个修行人叫阿难，是修行非常精进、专注的人。有一天他从中国的北方到南普陀山去朝观世音菩萨，走到半路遇到另外两个要去朝圣的人，于是三个人就一同往普陀山的路上走。走到半路时又渴、又饿、又累，其中一个人对另外一个人说："听说，在某座山有个修行者叫阿难，修行很好，只要念他的名字就可以有饭吃，我们现在坐下来开始专心念他的名字。"两人专心地一直念，果然跑出一碗饭来，就开始吃。阿难在旁边看了很奇怪，为什么他们有饭吃而我没有，就问他们饭是哪里来的。他们说："我们祈求一位伟大的修行者得到的饭。"阿难问："这位伟大的修行者住在哪座山？"他们说是住在某某山。阿难一听，那不是我住的山吗？就问他们："那位修行者的名字呢？"他们说："叫阿难。"阿难一听，那不就是我吗？为什么念我的名字有饭，而我却没有？其他两人就劝阿难念自己的名字，他就坐下来专心念自己的名字，果然跑出来一碗饭。这就是专注，专注到连自己是一个伟大的修行者自己都忘了。这种专注的态度，可以使我们呈现禅定的人格。

执著的破除

禅定的人格呈现的第三个方法是执著的破除。第一讲时提到执著来自我们的无明、习气和妄想，执著是使我们不能清明的根本。凡是所有的众生都有执著，这种执著常会被忽略而不容易察觉。

我的小孩儿在小学念书，有一天从学校带了一盒蚕回来。他跟我说要养蚕，我说："好啊！要到哪里采桑叶呢?"他说："没关系，学校的福利社有卖，一包十块钱。"我说："如果星期天怎么办?"他说："没关系，可以买两包冰在冰箱。"我说："万一学校的福利社没有卖桑叶就糟了。"他说："如果福利社没有卖桑叶就天下大乱了，因为每个学生都在养蚕。"果然有一天，因为台风的关系，学校福利社的桑叶缺货了。糟糕！没有桑叶，这些蚕就会死掉，我儿子就要我带他去采桑叶。我带他去台北近郊，到想象中可能有桑叶的地方去，去了内湖、阳明山、花园新城，去了很多地方找桑叶，都没有找到。在车上就很烦恼，蚕快要死了，垂头丧气的，我的小孩突然对我说：“爸爸，这些蚕很奇怪，我不相信它们宁可饿死，也不吃别的树叶。我们可不可以拿别的树叶给它们吃?”结果我们就下车去采树叶，采了十几种，心想，这里面一定会有一种它会吃，结果没有一只蚕愿意吃别的树叶。

我的小孩就说：“因为这些蚕吃桑叶已经吃习惯了，如果从出生的第一天开始，第一口就吃别的树叶。那么以后就可以不吃桑叶而吃别的树叶。”我说：“好啊！我们可以试试看。”幸好第二天学校的桑叶就供应了，我们就把这些蚕养大了。养大了，蚕就产卵，当卵都变黑时，我们采了很多很好吃的树叶，采了十几种，等蚕都出来了，就把树叶一片片地放进去，但这些刚出生的蚕都无动于衷，所有的树叶都试过了，没有一只蚕愿意吃，最后只好把桑叶拿出来。当我们把桑叶丢下去时，所有的蚕都跑过来吃桑叶。我当时有很大的震惊，这些蚕的执著多么地深，古今中外的蚕都只吃桑叶，从来没有改变过，难怪它们无法生起智慧。如果有一只蚕生下来后，愿意试试别的树叶，吃了以后大便也很正常，味道也不错，然后去告诉其他的蚕试试看，一起吃，这时蚕的智慧就得到了开发，将来就会变成更高等的动物。

这种执著多可怕。当人陷在执著里时，也和蚕一样，自己无法转变。我读过一则笑话：有一个女人忌妒心非常地强，每当丈夫回来时，都去翻丈夫的衣领，看看有没有女人的头发或唇印，每天都找，找到了以后就哭，和丈夫吵架。有一次，由于她连续找了一个星期都没找到丈夫身上有女人的长头发，结果她就坐在椅子上痛哭，她的丈夫就问她为什么哭，她说："我已经一个星期没有在你身上找到女人的头发了。"先生说："那不是很好吗，为什么你还要哭？"太太说："没想到你现在堕落到跟秃头的女人在一起。"当一个人陷入怨恨、嫉妒时，他完全不自知，他就无法从里面转出来。

什么东西使我们执著呢？有五个东西，叫五毒，贪、嗔、痴、慢、疑，这是我们执著的来源，盖住我们的心使我们执著。如何破除我们的执著？培养智慧是破除执著最迅速的方法。培养智慧、破除执著，可以举个例子：当我们种一棵树时，如果我们尽量将树种大，再修剪成我们要的样子，就比较容易。如果树还没长大时，就按照我们需要的样子去修剪，那么这树就会死掉。同样，要破除执著也是一样，如果我们的智慧壮大以后，要破除执著就很容易。另外一个智慧破除的观点是，因智慧是破除无明、习气、妄想的最好方法，就像我们拿一个苹果吃时，我们很容易找到这个苹果的种子，很容易理解地找到它、处理它。如果这个苹果的种子掉到土里生根发芽、长大，可能长出很多的苹果而无法计算、无法处理，所以从种子开始是最好的方法。

在禅宗里面有两个很重要的偈，一个是神秀的偈：“身是菩提树，心是明镜台；时时勤拂拭，莫使惹尘埃。”五祖弘忍觉得他没有悟道，因为他是用渐近的方法来破除执著。六祖慧能的偈是：“菩提本无树，明镜亦非台；本来无一物，何处惹尘埃。”这是一个智慧完全开显的状况。智慧完全开显后，就不需要慢慢地除去它。“执著”好像不流动的水，久了以后一定会发出臭味；“智慧”是流动的水，可以将水面上一切的脏东西冲走。所以开发智慧就可以破除执著。禅宗有位伟大的祖师叫大珠慧海禅师，有个人问他：“业障可不可以消除？什么方法可以消除业障？”他回答：“智慧是火，业障如草，火一点燃，草就烧光。”如果要一根一根将执著的草拔掉，太慢了，放一把火烧掉最快，放一把智慧之火，这是破除执著的一个最简单的方式。

平常心是道

第三个使禅定的人格呈现的是“平常心”。有一段时间我曾在电视台上班，有一次跟一位演员聊天，他告诉我：“演戏最好演的是坏人，最难演的是好人，因为坏人都差不多，好人都不一样。”他又说：“英雄、烈女好演，平常百姓难演。因为英雄、烈女动作都很激烈，这个很好演；而平常百姓平常，所以难演。”从演戏而言，平常心就是不要太入戏，若照佛教说法，人生只是一场戏，所以成败不需太计较。你把拳头握紧了，每天跟别人斗争，你的人生不会加长，若放松拳头过日子，你的人生不会变短。每天开开心心地走在路上，人生不会缩短；你很痛苦地活在这个世界上，你的人生也不会加长。同样的人生，为什么不用平常的态度来过呢？

最开始讲平常心的禅师是马祖道一，他曾说：“道不用修，但莫污染，何谓污染？但有生死心，造作趣向，皆是污染。”所以道不用修，只要不被污染就很好了。他又说：“行住坐卧，应机接物，尽是道。”意思是所有的东西都是道。我们常发现祖师的经典里讲到，喝茶时喝茶、吃饭时吃饭、睡觉时睡觉，这些都是道。

我小时住在乡下，家里很穷，没有浴室，每天都跑到前面的河里洗澡，洗完后就回家。河水很脏，里面有很多东西。有一天我跑到家前一头旗尾溪去洗澡，洗到一半时，看到一头猪从上游流下来，我很紧张，赶快躲到旁边去，希望不要被这只猪撞到。可是这只猪一直漂下来，漂到我前面时，突然有个旋涡把它转了一圈，就往我这边来，正好撞到我的胸前，我赶快把它移开。心想：“怎么那么倒霉，洗澡也会被猪撞到。”立刻把它推走，看它往下游流去。洗完澡赶快爬起来，把身体擦干，在石头上晒太阳，回到家，我在日记上写：“不干净的水，也可以洗澡洗得很干净。”这就是平常心。我父亲常说：“乡下人擦破皮不会痛，城市人擦破皮很痛。”因为城市人很少擦破皮，而乡下人每天都擦破皮，擦破皮对他们是很平常的事，所以不会痛，但城市人就会痛。如果一个人可以回到平常心，就不容易被外面的东西所波动。我常问别人：“夜来香白天香不香?”很多人想不出夜来香白天香不香。其实夜来香白天也香，但为什么我们都不知道夜来香白天很香，觉得它只有晚上才香呢？因为白天我们被这个世界所波动，这个世界有很多很混乱的事使我们波动。到了晚上，我们的心平了，回到一个安静的世界，很容易知道外面的动静。所以晚上讲鬼故事比较恐怖，因为心比较安静、比较平。各位家里若有夜来香，白天可以闻一闻，为什么会察觉不到它的香？因为白天容易失去我们的平常心。这种平常的心地是展现禅定的人格很重要的标杆，也就是我们会不会为外物所波动。

举个禅宗公案的例子："有位药山惟俨禅师有一天带着两个叫道悟及云岩的弟子在庭院散步，庭院刚好有两棵树，一棵已经枯干了，另一棵正欣欣向荣，他就问他们："是枯的对？还是荣的对？"大师兄道悟说："是荣的对。"药山禅师说："如果是荣的对，这个世界就全部光明灿烂了。"接着问师弟："是枯的对还是荣的对？"云岩说："是枯的对。"师父说："如果是枯的对，这个世界就已经全部枯干了。"此时，刚好一个小和尚经过，师父就问他："是枯的对还是荣的对？"小和尚说："枯的让它去枯，荣的让它去荣。"师父说："都不对！"因为枯和荣是一体的，如果没有荣就不会枯，没有枯就不知道有荣。因此，枯是荣的空，荣是枯的色。空即是色，色即是空。

有一天，我问我的儿子："你喜不喜欢蝴蝶？"他说："喜欢。"我问："你喜不喜欢毛毛虫？"他说："不喜欢，恶心死了。”我说：“蝴蝶是什么变的？”他说：“是毛毛虫。”我说：“蝴蝶的儿子是谁？”他说：“毛毛虫。”对啊！你怎么可以只喜欢蝴蝶不喜欢毛毛虫？因为蝴蝶和毛毛虫是一体的，其中并没有分别。

如果我们有这样的体验，就可以知道平常的心地是多么重要。这样的公案在禅宗里还很多，有一天沩山禅师和仰山禅师在田里散步，沩山是仰山的师父，沩山对仰山说：“你看前面这一块田，这边的水比较高，那边的水比较低。”仰山说：“不对，是那边高，这边低才对。”师父说：“不是。那么我们站在中间，看哪边高？哪边低？”仰山说：“不要站在中间，也不要光看两边。”师父说：“这样都不准，我们拿水平来量好了。”仰山说：“即使你用水平量，水在高处是平的，水在低处也是平的，哪里有什么高、低？”沩山就对他（印可）说：“现在没有人可以奈何得了你了。”就是他已经完全得到开悟。

水的平，就是平常心，也就是在平常的生活里，发现事物的真价值，只要我们发现这样的价值，平凡地过日子也很好。各位在百货公司听演讲，从永琦百货走进来时发现有很多化妆品的专柜，定价都不一样，特别是香水，有的五千多元，有的八千多元，最便宜的三百元，明星花露水一瓶三十三元，为什么这些香水的差别那么大？拿来看，这些香水的成分都差不多，里面都是香精、水、玫瑰花等。为什么同样的东西，因为挂了不同的名字，就产生不同的价值？有很多人也认同这样的价值。我曾写过一句话：“在这个混乱的时代里，人都好像百货公司里化妆品的定价，你的定价有多高，你的价值就有多高。”为什么名牌的定价一万元，买时不会心痛，而买三十三元的明星花露水就心痛？这里有很深的学问！

活在这个世界里，我们要知道，烦恼的展现是偶然的，菩提的展现也是偶然的，因为来是偶然，走是必然。我们来到这世界是偶然来的，但来了以后就必然要离开这个世界，在这种情况下，该如何来开发自我，保有平常心？这种开发自我的方法就是保有珍珠贝类的特质，珍珠贝这种贝类如果有沙或坏的东西跑进里面时，它会把它包起来，用温柔的态度把它包起来而使它变成一粒珍珠。一个人进入修行之道，就是要用这种温柔的态度包容人生所遭遇的一切苦乐和波动，因此重要的不是我们会遇到痛苦或快乐，而是要养成像珍珠贝一样的特质，把好的或坏的都能做成珍珠。台湾有一句俗语：“跌倒也要抓一把沙。”这就是平常心，跌倒不要白白跌倒，受苦时不要白白受苦，用平常的态度面对，而后开发我们生命的价值。

反观自心

禅定人格可以从很多角度呈现出来，有哪些简单的方法可以培养禅定的人格呢？第一个：反观自心。在这世间一切的法门都可以反观自心。反观自心，文殊师利菩萨曾说："一行三昧，就是觉意三昧。"亦是禅宗所讲："只管打坐。"也是任何时候都能守住我们的身口意，这叫反观自心。失意时守住心口意，不让自己的心迷惘，就是经典上说的："置心一处，无事不办。"只要我们的心常常放在一处，没有什么事不能办到。这种反观自心在蒲团上也可以做，洗脸时可以做，任何时地都可以做，只要常闭起眼睛来看看自己的内在世界。若能如此，就能看到一些重要的东西。这世界上，有很多人花很多的时间去登喜马拉雅山，花很多时间出去旅行，花很多时间登陆月球，但很少人花时间在自己的内在旅行上。反观自己的意思就是：常常花一点时间给自己，在自己的内在世界里去开发。这是培养禅定人格的第一个方法。

游戏三昧

培养禅定人格的第二个方法，就是保有游戏三昧，就是不要太入戏。佛教并不是在生活外还有特别的东西，像其他的宗教是传教，而佛教不用“传教”这两个字，而是用“弘法”，意思是告诉你一种生活的方式。而“禅定”就是让你过一种有创意的生活方式，也就是大家都喝茶，但我喝的茶不同，在心境上不同；大家都睡觉，而我睡的觉是不同的。为什么这种创意的生活方法这么重要？因为无论是学佛或生活都是意念的反应和延伸。

我记得，去年夏天我到香港去演讲，在其中一个地方演讲完后，有一位年轻人来找我，说：“林先生，听你讲的佛教后，我很想学佛，你可不可以教我一个简单的咒让我来学？”我就教他观世音菩萨的六字大明咒“嗡嘛呢叭咪吽”，他听了眼睛一亮，就问我：“林先生，你讲的嘛呢和那个 money（钱）有没有一样？”我听了吓一跳，这是第一个听到“嗡嘛呢叭咪吽”

就想到 money 的人。他就叫我再念一次，要把它记下来，他拿了一支笔在笔记簿上写了一串英文字，我探头一看，上面写的是：“All money pay my home.（钱都付到我家。)”他说：“林先生，你这个咒很不错，所有的钱都付到我家来。”我说：“对啊！你只要好好地念这个咒，不但所有的钱会到你家来，而且会得到福报，会开发智慧。”想想看，一个人心里有 money，听到佛菩萨最清净、最好的咒也会立刻想到 money，所以意念是很重要的。

如何在意念里得到创造性的开发，这叫游戏三昧，也就是在游戏的状况里也处在定境里，这种创意的生活很重要。在禅宗的经典中曾有一则这样的故事：乾隆皇帝有一次到金山寺出巡，跟法磬禅师站在长江边，就问法磬：“长江一天有多少船经过?”法磬禅师说：“有两条船。”乾隆觉得很奇怪：“怎么只有两条船?”法磬禅师说：“一条是为名的，一条是为利的，所以只有两条。”这个故事很好，每天走在忠孝东路上，发现只有两个人在走，一个人是为名，一个人是为利的，走来走去。我们是不是要过这样的生活呢？我们是不是要和那些盲目走来走去为名、为利的人一样呢？如果不要，就要过一种有创意的生活。

这种有创意的生活就是：虽然在现实里生活，但要有出家的怀抱。为什么要修行？是为了让我们得到自在、得到自由、得到自尊，使我们走向自由、自在之路。所以，不一定要很严肃才是修行很好的人，很轻松、很圆满的人，也可能修行得很好。不一定要很重的东西才会有定。例如：我们认为山很定、石头很定，事实上不一定，一根草在狂风里摇动，这草是很定的，所以不一定是很大的东西才定，不一定是停止的东西才定。各位都骑过自行车和摩托车，在骑得很快的时候很定，一停就倒下来了，所以不一定是停止的才定，走来走去时也会有定。陀螺也是一样，陀螺旋转时最定，如果停止，它就倒了。

各位现在坐在这里是坐在地球上，地球以很快的速度在运行，因为它很定。为什么地球很定呢？因为它的地心引力有个南北极的轴心，并依循一定的轨道运转，以同样的速度运转。因此，若我们在生活里可以保持一定的轴心，并有个轨道，依照一定的速度来运转，就可以处在和谐和舒坦的状态，也就是活泼的状态。意思是，修行的人，不是失去喜、怒、哀、乐的能力，如果这样，修行就变得很恐怖。在经典里可以看到佛也是很活泼的，菩萨也很活泼，所有的禅师、伟大的修行者都很活泼。这种活泼就是他们有活泼的心，他们都是用活泼的态度来面对生死。

一个人有游戏的心、有创意才可以保有活力。如此，生命的活力才是开悟的契机。如果生命完全没有活力就无法开悟，所以要保持活力的充沛。禅宗有一个公案说，有个修行者在山上的草庵修行，修行时有个老太婆每天给他送饭，送了二十几年，每天都吃，也不觉得怎么样。以前她都是叫年轻的小姐给他送饭，有一天，她叫这个年轻的小姐在送饭给他后，坐在他的大腿上，看看他有什么反应？这位小姐就依计而行，坐在这位修行者的大腿上，老太婆就问修行的人有什么感想？修行的人就回答："枯木依寒岩，三冬无暖气。"修到最后好像寒冷的石头，好像枯干的树木，这个老太婆就把他赶出去，放火把草屋烧了，供养了二十几年，供养出一根枯木、一块寒冷的石头，很不值得。她要供养一个有活力、有生命力，可以开悟的人。所以，活力和生命力是开悟很重要的契机。

人生，像王杰的一首歌《一场游戏一场梦》。生命就是一场游戏一场梦，不要太认真，要有游戏的心，保持生命的活力来开启我们的菩提心。这种游戏的心很重要，在佛经里曾讲："以菩提为因，般若为体，方便为究竟。"方便就是游戏，不要太在意，不要太严肃。

常保喜心

第三个培养禅定的方法是常保喜心，常常保有喜悦的心。第一讲时讲到要有幸福的态度，现在更进一步地来讲常保喜心。常保喜心就是保持清净的快乐，什么样的东西可以使我们清净和快乐呢？离垢可以使我们清净，就是离开垢染，离苦也可以使我们喜悦。我们知道苦、乐都是心的感觉和转换而已，如果一个人的心得到转换，得到开发，那么他就可以转动苦、乐。

从前有个老太太，她有两个女儿，一个卖伞、一个卖香。卖香的，香每天都要拿出去晒太阳，卖伞的要下雨天才有生意，这个老太太很烦恼。下雨时，她就担心那个卖香的女儿没有生意，如果出太阳，她又很担心卖伞的女儿没有生意。有一天，碰到一个人，那个人就跟她说："这个简单，以后下雨时，你就想，我那个卖伞的女儿，今天生意一定很好。出大太阳时你就想，那个卖香的女儿，今天生意一定很好。"从此这位老太太就过着幸福、快乐的日子。这是一种转换。

从前，有两个修行者，他们都很喜欢抽烟，有一天相约去打禅七，打禅七时不准抽烟。但打禅七时有休息的时间，可以在花园走动。这两个修行者在努力打坐时还不会想到抽烟，一起来休息，走到花园就想要抽烟。其中一个就问："你想不想抽烟?"一谈到抽烟就更想抽，就越来越不自在。怎么办？师父说要诚实，我们现在去告诉师父我们想抽烟，但也不行，因为师父很严厉，怎么办？讨论了半天还是去告诉师父，轮流去讲，看师父准不准抽烟。第一个人进去，出来，就对第二个人说："换你去讲了。"第二个人就进去跟师父说："师父，静心的时候可不可以抽烟?"师父很生气，当场把他打一顿，踢出来。当他爬出来时发现，第一个人已经站在花园里抽烟了。好大的胆子，你是怎么讲的，师父怎么准你抽烟？他说："我进去问师父：'师父啊！抽烟的时候可不可以静心?'师父说：'可以，可以！抽烟可以静心是多么了不起的境界。'"就是一个转换！如果在生命里得到一个转换，那么苦、乐的感受就得到了转换，也就是修行的人不执著于一切，并没有爱、恨的问题，没有哀伤和快乐的问题，就像莲叶上的露珠一样，出淤泥而不染，莲叶上的露珠没有哀伤也没有快乐。于苦不倾动，于乐不染着。

修行有三种很重要的方法，叫戒、定、慧。戒是节制的生活；定是静虑的思维；慧就是觉悟的态度。所以，要节制、要静虑、要觉悟。为什么要节制、静虑、觉悟呢？因为要使自己和别人都不受苦，所以才有了戒；你一犯戒别人就受苦，你杀、盗、淫、妄语、饮酒，别人就受苦，因此，为了使别人不受苦，所以我要守戒；为了使我不受苦，所以我要守戒。为什么要有定？为了要得到一般人无法达到的喜悦，所以要有定。为什么要有慧呢？因为破除人生迷惑是最大的快乐。释迦牟尼佛教过四禅八定，四禅的特质是：一、日常恶心的克服。二、心不放逸。三、身心清净，得到安乐。四、苦乐的作用消失，只有安宁的觉受。四禅在佛教里都有一个重要的共同特质，就是喜悦。一个人如果没有得到真实的喜悦，就没有进入过禅心。所以，佛教说："法喜充满，禅悦为实。"在法里有无限的喜乐，在禅里得到很大的快乐，所以叫禅悦。如果我们的心不快乐、不安宁，无法从内在里自然地涌出喜悦，就无法进入禅定，所以欢喜是非常重要的。

有一天，有一个人问禅宗祖师四祖道信："请问什么是佛？"道信说："快乐无忧，是名为佛。"快乐无忧就是佛，如果你能做到完全的喜悦，没有烦恼和忧愁，你就是佛了。经典里告诉我们涅槃，涅槃具有四种德行：常、乐、我、净。何谓常？就是恒常不变。乐，就是永远安宁。我，就是性不变异，自己的自性不会被变化。净，就是解脱了一切污染。常、乐、我、净是用来对待人生或世间的四种颠倒，这四种颠倒是：一、无常的颠倒；二、痛苦的颠倒；三、无我的颠倒；四、不净的颠倒。佛教的最高境界就是涅槃，涅槃就是常、乐、我、净，所以常保喜心是非常重要的。菩萨的四无量心里有一心就是："喜无量心。"如果我们有这些方法：一、反观自心。二、游戏三昧。三、保持创造力，过有创意的生活。四、常保喜心。就可以建立禅定的人格。

禅定的人格一旦建立，就不容易随波逐流，就不会被沉溺和污染。每一天的生活都是修行的功课，没有一定的时间是修行，如此，我们对我们所爱的人，就会因禅定的人格的建立，而使他们过得更幸福。他们的幸福就是我们的幸福，并使我们无论成功或失败，都可以走向智慧的道路，也使我们在急躁的人群里可以容忍，在凶暴的人群里可以温和，在贪心的人群里可以慈悲，在充满愤恨的世界里可以毫不怀恨地生活。

我常在自己的生活里用四句话来开发自己禅定的人格，第一句是："在顺境里要笑里藏刀。"笑里藏刀是禅宗的语言，并不是很阴险的那种，而是在微笑和快乐时，不要失去心里的机锋，微笑时不失去心里的锋利，因为在痛苦时，我们比较敏感，快乐时比较迟钝，所以在快乐时要常保持心里的机锋来看待这个世界。禅里有句话：“身怀宝刀而不杀人。”这是很好的境界。我们看金庸的武侠小说，最差的就是声音最大的，身上插了很多武器，那就是功夫很差的人。第二种是看起来功夫很好，身体的肌肉一块一块的人。第三种人则是英俊潇洒、温柔体贴、面带微笑，随便摘一朵花射出去都是致命的武器。这叫笑里藏刀，身怀宝刀而不杀人。微笑时保持内在的机锋，不要被快乐的境所转移。

第二句是：“逆境中要忍无可忍。”不是大家所想的忍到不能忍受时，跳起来把他杀了，而是忍到这个世界上没有一种东西叫做忍受，根本没有忍受的问题。一个人如果达到忍无可忍，就进入了无生法忍，这是很高的境界。所以要常忍无可忍，忍到没有什么可以让我忍，因为我忍的能力超越我所处的任何景况。

第三句是：“在成功时要百尺竿头，在失败时要更进一步。”百尺竿头和更进一步是连在一起的，但也是冲突的。为什么？如果你有一百公尺的竹竿，你爬到竹竿的顶端时，这叫百尺竿头。更进一步是什么？是摔死，没有地方爬就摔死了。所以百尺竿头、更进一步，就是不要把自己逼到极端，在成功时，不要把自己逼到成功的极端，在失败时，不要把自己逼入失败的极端。使成功和失败中间保持一个弹性，此时我们的人生就会得到很大的开启。若我们常记住笑里藏刀、忍无可忍、百尺竿头、更进一步，就可以使我们的人生得到圆满。

在禅宗里常讲“空”、“如”、“悟”、“自性”，这些名词无非都是要通向圆满。因此，禅定的人格原始动机是希望在这个世界、此生此世活得圆满，过一个有价值、有意义的人生。它终极的意思是使我们面对死后的世界也可以得到圆满，使整个人生得到圆满。这种圆满才是修行学佛的最终目的。空就是圆满，常保持空、圆满，只有“空”的东西才能奏出很美妙的音乐。笛子、箫、小提琴、吉他、钢琴都是因为空而有很好听的音乐。所以要常保持人生的空性，常保持禅定的人格，以便美妙的音乐可以进入我们的内在，通过我们的演奏而传出来，这就是修行的动机和目的。若养成禅定的人格，生活就没有问题了，生死也没有问题了。

第五讲·因缘的成就

因缘的因这个字里面有个“大”，所以在因缘里因是大的，是大哥，缘是弟弟。也就是说，因是绝对的东西，是不可能被改变的，在我们还未投生到这世界之前，因都已经被确定了。譬如：我的身高有多高？我长什么样子？出生在什么家庭？甚至出生在台湾、台北都已经被注定了。但其中也有可改变之处，就是我投生这地方之后，从这一期生命开始，它会有很多的变化。从佛家观点看，因是种子，是因缘、果、业、报的种子，在经典里说是“亲而强力”的，和我们关系很密切而且力量很大，这个种子不可能被改变，就像苹果树的种子埋到地里，苹果不会变成稻子、梨子或番石榴，因为种子是很坚强的因，它不可能被改变。

缘字左边是“纟”字部，就好像丝一样牵缠不清，这就叫做缘。缘和因比起来是“疏而弱力”的，和我们比较疏远，力量比较小。也可以说，缘是相对的，因是绝对的。如果把苹果树的种子种在地里，我们可以确定有几种结果，第一种情况是，会长出很大棵的苹果树，种在它应该种的地方，种在它该种的时间，遇到一位很好的农夫照顾它，随时替它浇水，长大后长出很多很好的苹果。第二种情况是，苹果种子种在地里，但它碰到的并非好的时间、地点、好的农夫、好的雨水，所以这种子不发芽，种子不发芽不表示种子没有了或失去了，种子还是存在。第三种情况是，种子埋下后，变成树，但长大后果实很少，收成很少。我们可以说“苹果的种子”是确定、不可改变的，但在它成长的过程里有很多变化。

因是种子，缘是成熟种子

有一年，我到埃及旅行，在开罗美术馆看到他们保存的八千多年前跟着法老王埋在地里的种子，八千多年后被挖出来。博物馆的人告诉我，种子挖出来后，曾拿了一些去种，这些种子竟然发芽、长大，并找回许多已失去的物种，如玉米、麦子。八千多年前的玉米、麦子和现在不同，经他们播种后，发芽、长大。当时令我非常震撼，一粒种子埋在地里八千多年，竟然还能发芽、长大、结果，让我们了解到种子非常强大，具足一切。但为什么八千多年这么长的时间都不发芽，因为它没有碰到好的时机、地点和人，亦即是没有碰到缘，这种子便处在停顿的状态。它没有发芽但也没有败坏。通过缘，因和缘结合起来，就生出果。因此得到一个结论："因是人生的种子，缘是人生对种子顺逆的力量。"我们可以顺着缘而走，使苹果种子长出很好的苹果，也可以逆着缘走，使种子根本不发芽，甚至不埋在地里而完全败坏。所以善的缘可以加大，恶的缘可以减少，这是缘的功能。

缘和因结合起来就变成果。果字是上面一个田，下面一个木，一个田里很自然地长出一棵树，叫做果。为什么很自然地长出一棵树？因为因缘具足，所以果就很自然地呈现。在因缘和果之间有两个重要的东西：一个叫“业力”，方才提到因有善因、恶因，还有一种叫不记因，没有在记录里的。譬如我现在喝这杯茶，这是不记，没有善、没有恶，只是喝茶。若你杀死一样东西，这是恶，会记录在你的因里。若散步，是不记。若你帮助别人，那是善，会记录在因里。所以业力分成善业、恶业、不记业，这三种业不能改变我们的因，但可以改变我们的结果。通过缘的改变，可以使因变成无法发芽或长得特别好。第二种叫“愿力”，就是我的愿望。佛教里把心叫心王，以心为王，因为心的作用很大，心的愿力可改变果实，通过因缘的改变而改变果实，这叫愿力。愿力如何改变果实？愿力若大于业力就可改变果实。我的因本身不好，一如苹果的种子本来是不好的品种，但种下去后，我发愿要把它种得很好，通过不断的改良，不断的灌溉，而使种子长得特别好，这就是我的愿力。以男女的缘来讲，就像现在在永琦百货公司我们正好坐在一起，这是很好的缘。坐在一起可能两个小时之后就结束，各奔前程，从此不会再见面。另外一种可能，坐在这两个小时间，听演讲时分了一点心看看旁边的人，越看越熟悉、面善，越看越觉得可以做朋友或夫妻，可以写一张纸条：“等一下请你喝杯咖啡好吗?”因为你有这样的愿力，对方也有这样的愿力，原来因缘只有两个小时，因为愿力，就使因缘加倍，变成乘法，可能变成二十个小时。再乘以十，每天都乘以十，每天都有这样的愿望，它可能变成生生世世，所以不要轻视小缘，它可能使因变成很大，也可能变成很小。

值得思考的是，通常我们无法检验我们的因，无法检验这世上有哪些因是我已经有的。譬如：有两个人结婚了，大家都说他们是前世注定。而前世注定可不可能只有一个呢？可不可能这世上有一百个人前世都注定会和你做夫妻？这是有可能的。这里面可能有一两个会成熟。譬如：伊丽莎白·泰勒，前世可能有一百个因缘，但有七个成熟，这七个为什么成熟？因为有愿力在里面。所以，我们比较无法检验已经埋在地里的种子，但有一些方法可以从果看出因，从结果来推溯因，会比较容易。例如，在历史上有很多伟大的人物，这些伟大人物都是有缘、有因、有果。例如，因为我们没有生在抗战时，没有去打仗，就不能变成那时期的伟人。那时的伟人刚好碰到因、缘、果都具足，而使他成为伟人。当他成为伟人后，我们会去分析他的原因。譬如，孙中山先生小时候曾到庙里打破神像，破除偶像，后来有人说，孙中山先生小时候就很了不起，小的时候就知道要破除迷信，破除偶像，所以后来变成伟人。我有一个朋友曾跟我说个故事：他小时候有一次和他妈妈去看热闹，看到有个人用糖做神像，做了很多很传神的神像，那个人就吹嘘他做的神像很坚固，摔不破、捏不破。我这个朋友在旁边看，心里想，真的有那么坚固吗？那个人就说："小朋友，看你不太相信的样子，你过来用力捏，看可不可以捏破。"我的朋友就用力一捏，"啪！"一捏就捏破了。那个人不肯善罢甘休，一定要他买这个神像，他没有钱，只好在那里哭，最后他妈妈付钱替他解危。这朋友就说："将来如果我变成伟人，就可以在传记上写，小时候为了破除迷信而捏破神像。"小时候的东西无法检验，就是因无法检验，只好在果呈现时，去找到因，这里面是有逻辑的。这种逻辑性在我们熟知的伟人中可以看到，例如牛顿，牛顿坐在苹果树下，被苹果打中而发现地心引力，可是这世界有很多人被苹果打中，却只出现一个牛顿。为什么那时只出现牛顿呢？因为因、缘、果都具足。也可以说，这里面加上了心，因缘会有很多的变化，因为心可以呈现出很多东西。

一切都由因缘而生

前几天，我碰到一个从外国回来的朋友，他是个医生，在家里聊天时，刚好看到一出连续剧——《浴火凤凰》，里面出现一个头很大的小孩儿。他就很专业地问我：“那是不是得蒙古症的小孩儿?”我说：“不是，那是造出来的怪物，头造得很大。”他说：“很像蒙古症，因为头很大，头发很少，眼睛呆滞，只会讲两个字‘哔波’，真的很像得了蒙古症。”后来，经我们研究得出两个结论：一是编剧一定有一点蒙古症，才会想出这样的东西；二是很多观众有蒙古症。因为这是个虚构的东西，原来是没有的，但为什么会呈现出来？而且呈现出那个样子，这是因为因缘。原来因缘并没有说在电视里会呈现出一个头大、眼睛呆滞、只会讲两个字的人，但因为大家有这样的心，所以就呈现了他。

我有一个朋友从外国回来，有一次我陪他散步，他已经十几年不曾回来，我问他，对台湾印象最深刻的是什么？他说，是水果。离开十几年以后，回来看台湾的水果，才发现台湾的水果都比十几年前大好几倍。当他在水果摊前看到番石榴时，简直不敢相信自己的眼睛，一个番石榴一斤多，太可怕了。他跟我说：“如果牛顿坐在台湾的番石榴树下，就会很惨，打下去头都裂了，不可能会发现地心引力。”番石榴为什么变得那么大？莲雾为什么变得那么大？所有的东西都变得很大，他觉得很奇怪，跟十几年前的都不一样，为什么台湾的水果都变得那么大？因为台湾的人都喜欢大，所以研究如何将水果种得很大，结果每个水果都变得很大，买一个番石榴回来，三个人都吃不完。番石榴本来是没有的东西，在因缘里，台湾不可能有这么大的番石榴，因为愿力，而有了。很多人有这样的愿，很多人会去买这么大的水果，慢慢地，小的番石榴就被淘汰，小的莲雾就被淘汰，最后就不可能找到以前那样的莲雾或番石榴了。

在因缘里可以看到这世界上有很多有趣的东西是用理智不可解的，因此会归诸因缘。何谓用理智不可解？以动物而言，夏天的蝉，有些是要埋在地里十七年的时间，在地里生活十七年，但它从地里破壳而出，爬到树上，只活两个礼拜。实在无法想象，动物为何要在地里埋十七年，爬出来两个星期就死了？这个无法解释，只有用因缘来解释。

例如，变色龙放在叶子上会变成绿色，放在花上会变成红色，放在地上就变成土色，为什么会有这样的动物呢？无法解释，也是因缘。

我记得以前在乡下，乡下的壁虎到夏天时会叫，但在台北的壁虎却不会叫，后来我发现，北回归线以北的壁虎不会叫，北回归线以南的壁虎就会叫。有一年，我在嘉义，抓了几只壁虎北上，超过北回归线的壁虎有的就不叫了，真的无法理解。为什么北回归线和壁虎有那么密切的关系？理性无法测度，这是因缘。壁虎和北回归线一定有无法测度的因缘。

上星期，我到台东，台东有一种鸟叫乌头翁，但在台湾的西部这种鸟叫白头翁，各位大概都看过白头翁而很少看过乌头翁，白头翁是黑色的鸟，头上一撮白色的毛，飞过中央山脉后，它的头就变成黑色，很奇怪？中央山脉有什么神奇的力量，使白头翁飞过去后变成黑头？但人和中央山脉就没有这种关系，我的头发白了很多，常经过中央山脉都没有变黑，没有这样的因缘。也可以说在一个我们无法理解的地方，确实有因缘的存在，这个因缘无法用理性来测度。

譬如，我们常会看到一位条件不错的男生和一位条件不太好的女生在一起，甚至一个女生抛弃像我们条件这么好的男生去嫁给一个条件非常不如我们的男生，原因在哪里？除了因缘，无法解释。有一天，我在咖啡厅遇到一位十几年前抛弃过我的女生，她也在那里喝咖啡。我们一起聊天，她就很感慨没有嫁给我。她说："我以前跟你说要离开你的时候，如果你跟我讲一句求求你留下来，我就不会走了。"当时我很生气地说："你为什么不早讲，经过十几年以后才讲，来不及了。"这个因缘无法理解、无法测度。特别是当我们遇到人生的困境、不如意时，我们常会想到，难道这是命中注定的吗？看到讨厌的丈夫、讨厌的太太，越看越不喜欢，难道这是命中注定的吗？为什么别人没有像我注定成这样？但别忘了，别人有别人的注定。

命运中有许多疑惑

我们在人生的命运里，常有很多的疑惑，这种疑惑使我们产生遗憾，甚至会怨恨，为什么因缘使我们这样？如果我不是生长在这样的家庭、生成的背景不是这样，我今天不会是这个样子。但已经来不及了，你现在就是这个样子，不必怨恨，这些都是因缘。是因缘使我们投生到这个世界，是因缘使我们生在这个地方、这个时代，也是因缘使我们有现在的父母、兄弟、姐妹、夫妻、子女等等，甚至因缘使我们的身高只有这样。每次我在看世界小姐选美或国际小姐选美时，都非常感慨，这些女孩子怎么可以长到一百七十四厘米呢？为什么我不行？因缘已经注定了，无法改变。

甚至从很大归纳到很小都是因缘注定的，很小的东西，小到你的背上长一颗痣都是因缘注定。我有一个朋友背上长了三颗痣，他让四个不同的人算命，有紫微斗数、子平数、看因果、神通四个不同的人算，都同时算出他的背上有三颗痣。他很生气，他到二十岁都还不知道背上有三颗痣，但四个不认识的人都知道。后来他去买一面镜子来看，原来背后真的有三颗痣。这么小的东西都已经是注定的吗？是的。有的人有胎记，就是生下来就注定在那里。这些已经注定的都是我们无法做主的，这些种子我们无法做主，也可以说是长久以来已经埋下了的种子，现在它的果呈现出来。

果会以什么样的过程呈现？我们将因缘作个比较清楚的分析。例如，今天我们在这里见面，是因洪建全基金会请我来演讲，这段时间我正好有时间，就来到这里，这叫做“缘起”，一个东西有了缘起，缘就开始了。大家在这里聚会，叫做“缘成”，这个缘成就了。缘成就后，待会儿我们会离开，各自回到家里，这叫“缘灭”。所以，缘不是永远固定，而是不断在变化，缘起、缘成、缘灭，这就是因缘聚散的过程，也就是在因缘里确实有很多的变化。

以姻缘而言，我们常常爱一个人爱得要死，但回来思考：我有没有办法从早上起床到晚上睡觉，都同样地爱他呢？不太可能。譬如，你在吃饭时，吃到一块豆腐很好吃，忘了爱他，等你回过神来时，怎么刚才吃豆腐时忘记爱他呢？就重新爱起，这中间是有间断的。上厕所时忘记爱他，看报纸时忘记爱他，在这里面有很多的波动，从早上到睡觉的过程里，因缘就有很多的波动，所以姻缘虽是注定的，但也有很大的弹性。从一天中就会发现，我们不可能恒久跟一个人处在同样的姻缘状况里，这里面就有很多的变化。

当缘变化后，并不是一切都了结，而是埋下新的种子，所以当一个果或一个缘呈现时，果和缘不一定是因的了结，很可能是因的创造。第一个因已经失去，现在又埋下第二个因，将来还可以再结果，所以因缘和果是一条锁链，一个一个扣在一起，当一个因缘、一个果呈现后，它就慢慢呈现一串的因缘出来。我在第一讲时曾提到，琼瑶小说中有一句值得背诵的话，就是一位英俊潇洒的男主角对温柔美丽的女主角说："你的过去我来不及参加，希望你的未来是属于我的。"这句话讲因果讲得很好，我们之间的因缘过去来不及参加，但希望你的将来是属于我的，希望我们的将来是属于我们的。基于这个原因，今天来讲因缘才有意义。如果因缘都是注定的，就没什么好讲。在佛教里有本书叫《了凡四训》，有位叫袁了凡的人，年轻时去算命，那个算命的人告诉他，你一生可以吃几斗米，吃完后就会死了。大家都觉得这本书很好，广泛流传。我看了，某些部分不以为然，为什么？如果减肥了，是不是可以多活几年？本来注定吃三斗米，每天只吃一粒，就可以活很久。虽然这里面是注定的，但有很大的、可改变的地方，也就是如果我们了解因缘的道理，就会发现佛教并不是宿命论。不只是佛教，一个人活在这世上不应该是宿命论者，因为未来的希望是可以创造的，也就是要回来肯定此世的意义，这一辈子是非常有意义的，可以来创造并改善的。

有些人本来活得很好，但信了佛教，就对因缘或因果特别的执著。有时会听到佛教徒说："上辈子不知道造什么业，拉肚子拉成这样。"拉肚子可能是因为在吃东西时作了不当的选择，跟上辈子没有关系。若把所有的一切都推给上辈子，就会完全没有创造力，只要躺在床上就好了，不必起来生活。我们要认真生活是认为种子是可以灌溉的，好好地来照顾已经有的种子，可以改变我们的命运。因此，了解了因缘的实相，并不会使我们变成宿命论者或消极的人，反而会使我们有积极、坚强的人生态度。

对因缘的僵硬观念

了解到因、果是可以创造的，过去的因不要管，从现在起要做出好的因，使它结出好的果。现在的一般人常有一些僵硬观念，第一个观念是，因缘是天注定的，无法改变了。如果一个人从来没有想到要创造他的因缘，那么他的因缘确实是天注定的。“天”包括了父母亲、环境和时代。反过来说，想要创造的人，因缘不是天注定的。

第二个观念，大家都认为因缘是实存的，因此对因缘产生了执著和依赖。其实，从佛教角度看，所有因缘的实相都是空，都是生命的缘起，因为缘而起，起后就注定了它的灭。因为有缘起，就注定了缘灭，因缘必然会散灭，因缘不一定是注定的。如果是注定的，因缘就很坚固而不容易散灭。

在人生里常会遭遇到因缘生起和散灭的情况，这时有助于我们来观察缘起。有一天，我参加一个同学会，大家在一家西餐厅里吃饭，来了三十几对夫妻，那时我发现，这三十几对夫妻中没有一对是初恋结婚的，都是经过许多恋爱波折最后才结婚。当时我很讶异，为什么因缘这么荒谬？使我们都无法和初恋的人结婚。这时更荒谬的还在眼前，每一对夫妻都带来他们的小孩，在那儿笑闹，跑来跑去。我很吃惊，这些小孩本来是没有的，因为因缘的错谬，生出这么多奇怪的小孩子。如果当时他和其他人结婚，就不会生出这些小孩儿，但在里面我又发现一件有趣的事，就是：第一，常常一对夫妻都有相像或相似之处，如果不是长得很像就是长得背道而驰，一个很胖、一个很瘦，或一个很美、一个很丑。第二个现象是，即使在外表上找不到逻辑，但内在里却可以找到它的逻辑。他们或许讲话很像、气质很像，有时会看到他们的坏习惯也很像，所以互相吸引，变成了夫妻。

我以前在报馆当编辑时，有一天，有一位记者气急败坏地跑回来；他是在法院里跑新闻的，他说，今天真倒霉，有一对老夫妻都八十岁了，今天在法院离婚，被法官判决了离婚。跑到这种新闻真的很倒霉。这一对夫妻十八岁就结婚了，同年龄，到被判决离婚那天正好是结婚六十二年。法官问他们为什么要离婚？老公公说："我再也不能忍受她了，连一天都不能忍受。"老太婆也说："我连一天也不能忍受他了。"最后只好让他们离婚，这个结果很难理解，结婚六十二年，为什么到第六十二年的某一天互相都不能再忍受了，这一天的因缘是怎么样的？没有办法理解，只好让他们离婚，各自去生活。这样的事情在这个世界常发生，我听说过有九十岁的人离婚，告诉我这个事的朋友是《我爱红娘》的制作人洪理夫，他说他小学同学的祖父九十岁离婚。不可思议，为什么因缘到那一天会断了？这让我们观察到因缘的散灭。

有一天，我到一个朋友家，这个朋友突然要和他的太太离婚，我们都觉得很可惜，因为这个朋友是我们认识的朋友中，唯一初恋就结婚的人。他要离婚很痛苦，就跟我说："早知道，那时候失恋就好了，如果不跟她结婚，现在就不会有离婚的问题。"现在离婚的问题比失恋要大得多，因为有两个小孩儿，而且两个人都到了中年。他们离婚时，小孩儿各带走一个，但是担心爸爸看不到女儿，妈妈看不到儿子，就签合约，每三个月交换一次，把女儿带回来，把儿子带走，这样儿女都可以享有父母的爱。过了三四年，小孩儿读中学时，发现一个严重的问题，就是姐姐和弟弟互相不认识，因为从没见过面。妈妈带来时就交给爸爸，另一个就带走了，永远没有相处的时刻，这是多么奇怪的因缘。爸爸妈妈因缘结束时，这两个原是姐弟的小孩儿，姐弟的因缘也随父母的因缘而结束了。

现在开放大陆探亲，有很多可歌可泣的故事。每次我看到

《八千里路云和月》就常思考因缘的问题，为什么孩子生下来的那一天，他去买菜，突然被抓走，四十六年以后才回来。这里面有多么大的辛酸和痛苦。

从这些因缘的实例中，可以得到一个结论，就是因缘是不能恒久的，所有的因缘都不能恒久，包括婚姻、爱情这种因缘都不能恒久。为什么不能恒久？因为它有变灭的相，就是一个缘起了以后，一定会灭。我们在谈恋爱时会想，这个人我一定要娶她，和她做夫妻，但往往娶不到她。两个人谈恋爱，很幸福地最后结婚了，在童话世界里，“白雪公主和白马王子从此过着幸福快乐的日子”。但从因缘的实相看是不可能的，因为要洗碗、扫地、吵架，有很多事要做，所以不可能从此过着幸福快乐的日子。万一没有幸福快乐的日子，有一天他们分离了，可能是离婚，可能是一个人先死亡。如果两个人可以长久、一辈子地在一起，最后也有一个人会先死亡，离开这个世界。

这些因缘的散灭，使我们知道因缘是多么奇妙，也使我们看清了，人生的过程就是因缘的生起和散灭的过程。

因此，因缘的开始和结束，很难纳入人生的计划。即使我们把人生计划得很好，人生也不会按照我们的计划来运转。我们人生里所有大的事件，都是因缘所呈现出来的，所有小的事件也是由因缘呈现出来的。譬如，有些人特别喜欢冬天，这是个特别的因缘，一定有不可思议之处。我特别喜欢玫瑰花，有不可思议之处；特别喜欢紫色，有不可思议之处。

我以前有一个邻居，特别喜欢冬天时吃冰块，所以冬天时，他常拿一碗冰块坐在院子里咬，把它咬碎。为什么会有这种嗜好？他自己也不知道是什么原因，就是喜欢，就好像喜欢吃榴莲和臭豆腐一样，这是特别的嗜好。因此，在因缘里我们会发现一些特别的东西，就是某一个东西，我们第一次见面就发现，它和我们有很强的力量。例如第一次见到某个人时，感觉好像跟我认识很久了，因缘特别深刻。第二种结果是，有一个人，虽然和他认识几十年了，但和他坐在一起，好像是陌生人，虽然因缘很长久，但没有可以沟通的地方。

决定因缘的两个角度

由此可以知道，因缘可以从两个角度看，第一个是直觉的角度，第二个是意识的角度，也可以说人生的因缘分为直觉和意识。直觉就是一见钟情，完全没有理性的思考。在电视上常会看到一个富家女爱上穷小子，或一个大学生爱上酒家女，无法理解，一见钟情，看到了就触电，没有什么理由可讲，完全是直觉式的。另外一种完全背离的，完全不能投缘，也是直觉式，一看就知道不能跟他做朋友，因为他不是我喜欢的那一型，这就是直觉式。

另一种是意识式，就是一般所说的门当户对。通过很多的思考、教育、环境、训练，甚至挫折，慢慢培养出固定的状况。我所要娶的太太就是这个样子，这里面是有理由可讲的，身高一定要一百六十厘米，皮肤要白，要秀丽，要大学毕业，很多的条件，这是意识状态，有个电脑替你配，正好符合你的条件，这个世上可能有一百万人符合你的条件，这是从意识状态而来。

前一种完全是直觉式的，这和我们的前生有关。第二个从意识状态而来，是今生的努力。这两种没有高下之分，意识状态有时可能会产生错误，而直觉不一定是错的，有时是对的。通常，女人的直觉比较强，所以我很相信我太太，每次我都会问她，你对这件事的感觉怎么样？她的感觉有时很准。我们常常通过思考作选择，可能不如一个人的直觉。所以这里面没有对错可言。

我有一个朋友，有一天我和他一起喝咖啡，他突然对我说："林清玄，你站起来我看看。"他就问我："你有没有超过一六五厘米？"我说："有啊！"他说："幸好。我已经发誓，不和一六五厘米以下的人做朋友。"我问他："为什么？"他说："我连续被三个一六五厘米的女生抛弃，所以一六五厘米的女生，没有一个是好人，而且每次跟一六五厘米以下的人做生意也都失败。"所以他得到一个结论：一定要和一六五厘米以上的人做生意，要和一六五厘米以上的人结婚才会得到幸福。这是通过意识和挫折而培养出来的观点，但不一定是对。所以在因缘里，直觉和意识是没有对错的。从这里，我们得到一个结论：一个人的命运是因缘所合成的，但它不只是前世，跟今生的努力和创造也是很有关系的。

因缘和命运的关系

有些人将因缘和命运结合在一起，可以说，因是命的基本格局，也就是你会埋下什么种子，那是你的格局。缘是运的运转，命是固定的，运却有转动的余地。一个人如果可以反省、创造、有觉悟、能往好的方向走，他就可以改变他的运，就改变了他的缘；改变了缘等于改变了他的种子，改变了他的因。方才提到因是不可改变的，但缘里有很多变化，所以因缘有很多变数。若一个人完全地认命，他就会得到一个结果，随缘流转。他会完全没有能力去创造，因为在根本上他已经认定自己无法创造。这种创造，特别在做人生的选择时，会展现出来，并不是注定的。譬如，早上起床，可以想我今天要做什么？里面有很大的选择，起床时，要喝一杯咖啡或一杯茶，有很大的选择。我今天不喝茶，要喝咖啡，这时就已经改变。人生不是那么截然注定一定要喝咖啡或茶。今生的因缘和前世有关，但不是不可改变的。这就是佛教存在这个世界的一个理由。

“因”是命的基本架构，“缘”是运的基本架构，使我们知道我们有多少努力，就可能有多少成果，虽然在大范围里是不可改变的。大范围是指，生为一个中国人，是我们的大范围，眼睛是黑色、头发是黑色，长相和外国人不同，这是大范围，完全不可改变，即使是去打针、美容也不可能改变。因为外国人有外国人的因，中国人有中国人的因。但在大范围里有很多小的选择，那就是，我们可以做成功的中国人，做一个快乐的中国人，或一个失败的中国人、不快乐的中国人，这里面就有很大的选择。

我家依大排行有十八个兄弟姐妹，长大后，都从事不同的职业。我一个哥哥是消防队员，无法想象他为什么是消防队员，只能要求他做个快乐的消防队员。有个哥哥在炒股票，所以最近很惨，常常打电话诉苦；但在股票很好时，就常跟我示威，说他一眨眼赚得的钱，比我一辈子赚的还多。有个弟弟在做记者，有个弟弟在开三温暖，是三温暖的老板。我的哥哥、姐姐、弟弟们，他们和我是生长在同一环境里，同样的爸爸、妈妈，同样地长大、同样地接受教育，可是我们的思想不一样，长相不一样，职业也不一样，可见这里面有很大的选择。在每个选择中加上直觉意念，使选择更坚固，就走向不同的道路。

如果我们要了解人生、创造人生，就不要太宿命。这里不宿命，是要在生命里加入很多积极的因素，这种积极的因素就是，相信所有的一切选择和念头，都可以改变我们的命运。

现在在很多书局里都可以看到一些书有这样的标题，譬如：《改变一生的一句话》、《转折点》或《改变一生的一篇文章》。我有个朋友林献章办了一个《讲义杂志》，在封面上写："你可能阅读一篇文章，就改变了你的一生。"他最近到台东买地，说要盖一个山庄，开放给别人住，并打出一个标语："来这里住一晚，可以改变你的一生。"有这么多东西可以改变我们的一生，一个人可以改变我们的一生，一句话、一篇文章或在某一个地方住一晚都可能改变我们的一生。这些都足以确定，生命是可以改变的，命运是可以改变的。从佛教的观点来看，命运是可以改变，可以落实到生活里的。

假设命运是不可改变的，那么佛教就没有存在这个世界的价值。所以在佛经里常看到："念佛一声，功德无量。礼佛一拜，罪灭河沙。"这是很大的命运的改变，一个人如果念一句佛的名号，功德很大；对着佛拜一拜，灭掉的罪像一条河的沙子一样多。基督教也有这样说法。

忏悔从前的坏种子

如何改变我们的命运？第一个叫“忏悔”，这不只是宗教的，你对着太太忏悔、对你的小孩忏悔，都可以改变命运。什么叫忏悔？就是承认我们今天活在这个世界上，是有很多的意外，有很多的遗憾。为什么有很多遗憾？因为从前有很多坏的种子埋下来，才会变成今天的我。如果要改变从前的坏的种子，就要忏悔，从今天开始，不要使这些坏的种子发生作用。坏的种子不发生作用，就走向了善，因此得到了改变。

从前有一位妙高禅师，他修行非常精进，但他有个缺点，就是会打瞌睡，每次坐到蒲团上，腿一盘就开始打瞌睡。他后来想了一个方法来克服打瞌睡，在寺院后面找到了一个台子，这个台子正好在悬崖的上面。他就坐上去，把腿盘一半，伸出悬崖。心里想：如果我打瞌睡，就会摔下悬崖，当场摔死，所以应该不会再打瞌睡了。当双腿盘上去、坐好后，他立刻就打瞌睡，结果真的摔下悬崖。摔下后，在半空中惊醒，突然有个菩萨在半空中将他接住，托到台子上。妙高禅师就问菩萨：“你是谁?”菩萨说：“我是韦陀菩萨，看你这么精进，特别来护你的法。因为这个世界坐在悬崖上打坐的不多，所以特别来护你的法。”妙高禅师听了很高兴，说：“这个世界上像我这么精进，坐在悬崖上打坐的人有多少呢?”他就起了骄傲的心。韦陀菩萨说：“像你坐在悬崖上打坐的人很多，但是像你这么骄傲的人很少，所以，从此二十世我不再来护你的法!”说完后，就走了。

妙高禅师大吃一惊，立刻观照到自己的傲慢，当场就跪下来礼拜，很忏悔地说：“以后我不会再那么傲慢了，请你继续来护我的法吧!”说完痛哭流涕，但没有办法，菩萨已经走了。怎么办呢?

“虽然没有人护我的法，但我还是要继续修行。”他就爬到妙高台上继续修行。爬上去，继续盘腿打坐，心里想：“经过这么重大的教训，我一定不会再打瞌睡了。”腿一盘，又开始打瞌睡了，一打瞌睡又摔下去，摔到半空中就惊醒了，糟糕!韦陀菩萨不会再来救我了啊！真的没有人来救他，他继续往下掉，掉到离地两寸的时候，突然有个菩萨托住他，把他托到台上去。他就问：“你是谁?”“我是韦陀菩萨。”妙高禅师说：“你不是说从此二十世不再来护我的法了吗?”韦陀菩萨说：

“我本来说，我二十世不来护你的法，但你刚刚一念忏悔心起，已经超过二十世久矣！所以我现在继续来护你的法。”我们看到，当一念的忏悔心起，就超过二十世久矣！因此，忏悔是非常有力量的。《华严经》说：“一念遍满三千大千世界，一念遍满无量劫。”这么长久的时间，一念就可以完全得到改变。因此，忏悔是非常有力量的，至少使我们减少继续犯恶的因缘，同时增加我们善的因缘，忏悔可以改变我们的命运。

在觉悟中止恶向善

第二个改变命运的方法是觉悟，改变命运就是改变因缘。为什么要觉悟呢？上次提到觉字里面有个“见”，看见的见。悟字左边一个“心”，右边一个“吾”，“见到我的本心”，叫觉悟，看到我自己的心。为什么看见我自己的心就可以改变命运呢？是因为一切都是有原因的，如果要改变我的命运就要止恶向善，止恶向善就可以改变今生的命运，从今天开始觉悟，只做好事，不做坏事，这时就得到了改变。

上次有人问我一个问题：“蟑螂可不可以杀？踩死蟑螂好不好?”我说不好，因为踩死蟑螂是件坏的事，做了坏的事，就会带来不好的结果。并且，踩死蟑螂并不能改变你或蟑螂的命运，为什么要踩死蟑螂，蟑螂虽然死了，但蟑螂和你的业并没有死。它本来是一只小小的德国蟑螂，一踩死，下次来的是一只美国蟑螂，改变了，但它并没有死。这个世界上，每天晚上至少有一百万以上的家庭用各种消灭蟑螂的药喷蟑螂，但这世界的蟑螂从来没有减少过。如果有一千万个家庭喷药，也不会消灭它们，既然无法消灭它们，为什么要做呢？

反过来说，有很多环保人士，他们在提倡保护野生动物，不要杀野生动物，但这世界上的野生动物从来没有增加，为什么？因为野生动物的减少、蟑螂的增加，这些都是业的呈现。要使喜欢的动物增加，讨厌的动物减少，要使这世上喜欢的人增加、讨厌的人减少，要从觉悟做起。如果业减少了，那么周围好的事、好的人就增加了。

佛教有一部经典叫《药师经》，里面记载：一个人如果心里非常清净，耳朵根本听不到坏的事情，何况自己遇到坏的事情。因此非常清净，就没有业，没有业怎么可能遭遇到坏的事？当然也不可能听到坏的事。我们今天坐在这里，业都很多，每天打开台视新闻，很多恶事都如雷贯耳地跑进我们的耳朵里，这个世界的业很多，所以才会产生这么多的坏事。改造世界的线索就在于每个人的心，从我自己开始觉悟来改造我的心，使我得到清净。

什么样的东西可以使我们得到清净？戒杀，放下屠刀、立地成佛，使我们的身口意都得到清净的状态，这个世界慢慢地就会得到清净。何谓身口意的清净？身，就是行为，不做伤害这个世界的事；口，就是语言，不讲伤害这个世界的语言；

意，就是不生起对这个世界坏的意念。这时，我们慢慢地就会得到清净。这里面最难的是意，不起意是很难的。行为比较容易，通过觉悟和选择可以使我们立刻止住恶行。意念为什么不容易呢？根据经典的记载：一个小时有六十分钟，一分钟有六十秒，一秒钟有六十个刹那，一刹那有六十个念头，每一秒钟就可能生出三千六百个念头。闭着眼睛，念头如飞，无法控制，这么多！当然有些念头我们不易察觉，它是非常微细的。通过什么来改革念头呢？觉悟！改革以后，命运就可以得到改变。

愿力是船，业力如石

第三个改造命运的方法是发愿。为什么要发愿呢？愿力如果大于业力，命运就得到改变。台湾有个很伟大的修行者叫广钦老和尚，当有个弟子问他："什么样的人可以往生净土？"他说："愿力大于业力的人，可以往生净土。"经典里记载："愿力如船，业力如石。"我们现在把很小很小的石头丢到湖里去，它会立刻沉下去，虽然它只是很小很小的石头。如果有一艘船，不但小石头，大石头也载得动。所以要使我们的愿力如船，才可以载动业力的石头。理论上，要清除我们的业是很难的，也就是清除我们恶的因缘是很难的，因为没办法清除，所以就造一条船来载。

为什么愿力很重要？因为愿力分恶愿和善愿，都会造成很大的力量。例如，有一个故事说：有一对男女，他们非常相爱，男女很相爱时常会发愿，希望这辈子海枯石烂，永远不分离，更彻底的是愿意"生生世世在一起"。这对男女就互相发愿，愿意生生世世在一起。后来，死了以后就投生，其中一个变成一条大鱼，一个变成一条小鱼。在海里，当大鱼要把小鱼吃掉时，两条鱼含情脉脉地看了半天，大鱼就将小鱼吞下去了。接下来的一世，一个变成狮子，一个变成兔子。因为上辈子这条大鱼吃掉小鱼，小鱼就变成一只狮子，抓住兔子要把它撕裂时，两个动物含情脉脉地看了半天，就吃掉了。再过一世，一个变成老鹰，一个变成小鸡。老鹰就把小鸡吃掉，吃下去是在一起最好的方法。永远不会分离。这个愿就一直演变下去，为什么？因为发愿时没有注意，应该发愿："愿生生世世做夫妻。"只有"在一起"是不够的，因为在一起有很多可能，仇人也是生生世世在一起，动物也是生生世世在一起，所以发愿时会造成很大的影响，因此愿是很重要、很有力量的，所以不要随便发愿。常有人说："这辈子我欠你的，下辈子做牛、做马还你。"不要随便发愿，下辈子可能就做牛、做马。恶愿会带来很不好的结果，善愿会带来很好的结果，所以要把自己的愿确定，发好的愿，才会使我们得到好的命运。譬如，当我们谈恋爱失败时，会对对方很怀恨，会发恶愿想要报复，这样实在很悲惨。

我有一个朋友谈恋爱失败，很生气，因为他爱她入骨，就恨她入骨，恨得特别厉害，就发一个愿，这一辈子不能在一起，下辈子要报仇，怎么报仇？要把她碎尸万段，啃她的骨头、吃她的髓。当他告诉我要发这个愿时，我告诉他不要发这个愿。我说，我带你到公馆看人家吃螃蟹，你就知道发这个愿会有什么结果。吃螃蟹的人都是啃你的骨，吃你的髓，让你碎尸万段，多可怕啊！所以不要发这么恶的愿。

在佛经里常有这样的故事，告诉我们不要发恶的愿。释迦牟尼佛在成佛以后，他的种族释迦族整个被灭亡了。因为有一个人曾经发了恶愿，要灭掉释迦族。释迦牟尼佛有一个很重要的护法叫波斯匿王，波斯匿王在世时，他的国家和释迦牟尼佛的国家非常友善、和好。有一天，波斯匿王死了，由琉璃王继承王位，琉璃王为什么会去消灭释迦族？根据佛经的记载，波斯匿王年轻时，很想娶一个释迦族的女人做妻子，因为释迦族的女人特别漂亮。释迦族是特别美丽的种族，像释迦牟尼佛、阿难、难陀都是很美的男子。但释迦族认为最好的种族不应该外流，就找了一个贱种的女人，假装是最好的种族嫁给波斯匿王，波斯匿王娶了这个女子，生下了琉璃王。琉璃王小时候，常随她的母亲回娘家，回到娘家，大家都指指点点，这个人虽贵为王子，但他是个贱女生的，这个卑贱的女人是我们这一国送给波斯匿王的。琉璃王每次回到释迦国，心里就非常地痛苦，小的时候就发愿，长大以后一定要消灭释迦族。

等到他的父亲一死，把王位传给他，他立刻去消灭释迦族。他把兵马全部开到释迦族，要将它消灭，这时释迦牟尼佛站在边界，对他合掌微笑，一句话也没说。琉璃王想，释迦牟尼佛是他父亲的师父，这就不攻打了，便把兵马都调回去。第二次来攻打，释迦牟尼佛又站在边界，就又撤兵；第三次又撤兵。到第四次时，琉璃王要出发前，就发愿，如果这次兵马开到边界，又碰到释迦牟尼佛，那么在我这辈子就不攻打释迦族。当兵马开到那里，并没有看到释迦牟尼佛站在那里，所以就将整个释迦族消灭了。释迦牟尼佛的种族，现在在印度完全不存在了。看到这样的故事，使我们非常心痛，一个民族的灭亡，只是因为一个小孩子的恶愿，一个坏的愿望日渐庞大，而很不幸地这个小孩儿是一个国王。

所以，释迦牟尼佛有一个伟大的教化，说：有四个东西不可轻视，第一个，不能因为火小而轻视它，因为星星之火可以燎原。第二个，不能因为蛇小而轻视它，因为小蛇可能比大蛇还毒。第三个，不能因为出家人小而轻视他，出家人小，可能他已经证得解脱。第四个，不能因为王子小而轻视他，因为王子长大后会变成国王，将来可能做出很大的、好的善业，或做出很大的、坏的恶业。因此，我们得到一个结论，不能因为愿望小而轻视它，我们的愿望可能带来很大的结果，也可能带来很坏的结果。如果我们常发好的愿，我们的命运就可以得到改变。这种好的善的愿，随时随地都可以产生，看到一个人很丑，就发了愿，希望他下辈子不要这么丑，下辈子他可能就变美了。在你身边，你的每一个愿望，都可能改变这个环境。

回向，改变这个世界

第四个改变命运的方法是回向。回向就是回小向大，回暗向亮。就是把小的东西变大，这是指好的东西而言，回暗向亮、回恶向善，这叫回向。为什么要回向？由于这个世界是一体的，光是改变自己的命运并不够，因为个人和环境是有非常密切关系的。所以，一个修行者应该积极地介入人间的生活，不但改变自己的命运，还要改变别人的命运。如何改变别人的命运呢？就是要改变我们和这个人的因缘，或改变我们和这个世界的因缘。

如何改变？就是回向，把好的东西给他，把好的东西回向给这个世界，慢慢地就改变了这个世界。而这种改变不只是从外在，当我们一起生起回向的心时，自己的内在就得到了改变。

譬如，有个人，你非常讨厌他，不知道上辈子跟他有什么纠葛，可是每天都要跟他坐在一起，或是他就坐在你的对面，或者他是你的主管、你的同事、你的先生、你的太太。这么讨厌，而又已经做了夫妻，怎么办？回向，因为这是不可改变的，就从内在改变，希望把我最好的东西给予我讨厌的人。当你这样一回向，你们的关系就得到改变。首先，你就不会恶眼看人，不会恶语伤人，对方也就会因你而得到改变。

珍惜每一个因缘

当我们知道了改变命运的方法，并且去实践时，来看看如何成就我们的因缘。第一个成就因缘的方法是要爱惜我们的因缘。依佛教的说法，好的因缘叫“增上缘”，坏的因缘叫“逆增上缘”，就是遇着我们增上的因缘。也就是不论善或恶，所有的因缘都可以使我们增上，因此我们要惜缘，爱惜我们所遭遇到的一切因缘，因为一切因缘都是我们的老师。最有智慧的文殊师利菩萨为什么那么有智慧？经典里说：“文殊遇缘则有师。”碰到因缘就有他的老师。如果我们有这样的转化，所有的因缘都会去爱惜，坏的因缘可能正好是我们的老师。

在《维摩诘经》里讲到：所有在这个世界上做魔王或乞丐的人，都是住于不可思议菩萨界的菩萨来化现的。魔王或乞丐为什么是菩萨来化现的呢？为什么连这个都要珍惜呢？任何一天我们到通化街的夜市或到饶河街的夜市都会遇到很多乞丐，乞丐蹲在那里，当天晚上可能有一万个人走过他的身边，有三千个人走过而生起慈悲的心，三千人里有一千人行了布施的功德。他好可怜，就给十块，这十元给出去时心里是非常清净的，也就是这个乞丐每天使一千人有布施的功德，使三千人生起慈悲的心，或每天使五千人生起人生无常的心，这个乞丐多么了不起。

为什么要惜缘？我常把这个世界的人看成都是菩萨来化现，既然魔王或乞丐都是菩萨来化现的，那么每一个人都是菩萨来化现的，有什么不可能？佛教里有一位净土宗的祖师叫印光大师，他说："走在街上时，要把人人都看成是菩萨，只有我是凡夫。"回到家里看到自己的妈妈就是菩萨，若不是菩萨她为什么那么辛苦地替我们煮饭、帮我们洗衣、为我们担忧，所以妈妈是菩萨。太太也是菩萨、丈夫也是菩萨、小孩也是菩萨，这么多的菩萨在这个世界。每个人投生到这个世界，虽然是随业而流转，但在业里是有愿望的。如果只是随业流转而没有愿望，就不可能成为我们的妈妈，我们的太太。这样看，我们因缘的关系就转换而得到了成就。

不要用肉眼看待世界

第二个使我们因缘成就的方法是不要用肉眼来看这个世界。有一年，我到日本，有一个地方叫盛冈市，这里有个很大的寺院叫报恩寺，这个报恩寺里有五百尊罗汉，做得跟真人一样。报恩寺的香火很盛，据说，如果你很想念你死去的亲人，走进报恩寺去看这五百尊和真人一样的罗汉，就会找到一尊跟你的亲人很相像的。另外一种说法，这五百尊罗汉中，你可以找到一尊跟你很相像的，所以很多人在找到那一尊时就去那里献花，这么伟大的罗汉是和我们很相像的，所以不要用肉眼看自己，自己很可能是一个罗汉；也不要用肉眼看这个世界，在我们四周的人，可能都是很伟大的人。如果我们只用肉眼看这个世界，就会失去很多很好的因缘。

《楞严经》说：佛陀最英俊的弟子叫阿难，有一天在街上走，经过妓女户时就去化缘，其中有一个妓女叫摩登伽女，因为没有看过这么英俊的出家人，就跑过去拉他，不但拉他，还对他动手动脚。情况很紧张，阿难快要破戒的时候，释迦牟尼佛知道了，就叫文殊师利菩萨带着《楞严经》去解救阿难，把阿难救回佛陀说法的地方，顺便也把摩登伽女带到佛说法的地方。佛就告诉他们不要陷溺于情欲，情欲是不可靠的。就开始讲《楞严经》，讲到一半时，摩登伽女证得了阿罗汉果。《楞严经》整部讲完时，阿难还没有证得阿罗汉果，甚至到佛涅槃时，阿难也还没有证果。这个妓女在佛讲经讲到一半时就证果，是因为她有无限的从前；从前，她曾是个修行人，所以不要用肉眼来看这个世界。

不要用僵化的观点看世界

第三个使因缘成就的是，这个世界上没有一定的因缘，因此不要用僵化的观点看世界，要有大包容的心，就是用平等的心来看这个世界。如果我们用这种平等的心来看这个世界，我们的因缘就比较容易成就。

佛的成就是因缘的成就

第四个因缘成就的观点是，一切佛和菩萨的成就，就是因缘的成就。佛和菩萨不可能单独成就，因为没有众生就没有菩萨，没有众生就没有佛，所以菩萨的成就就是因缘的成就，如果一个菩萨要度化五百个众生，这五百个众生的因缘没有成就，这个菩萨就不算成就。这么多伟大的菩萨发愿回来度众生，就是要使因缘成就。释迦牟尼佛在证道以后，有四十九年的时间，每天都在说法，每天都跟人群接触。这给我们一个很大的教化，就是他教化了这么多的人，使他们得到成就，所以我们才说他是一个佛，而不只是一个解脱者。他的成佛是因为有这么多的众生得到解救而成就的。

随缘不变，不变随缘

了解了这些，使我们知道，我们在这个世界应该随缘不变，不变随缘。也就是说，随着因缘向前走，但是不被因缘所转，也就是保有清净的自性，没有被因缘所转。如何使自己保有清净的状态，在因缘里成就自己，并使所有的因缘可以得到成就？有一个简单的方法，《维摩诘经》里曾记载，维摩诘是一位非常有智慧的菩萨，佛的弟子舍利弗也是很有智慧的阿罗汉，就问维摩诘："你是从什么地方投生到这个世界来的？"维摩诘说："我是从妙喜佛国投生到这里来的。"舍利弗说："真奇怪？在这个世界只听到很多人要往生净土，没有听说过净土的菩萨投生到这个污秽的世界。为什么要投生到这里来？"维摩诘说："太阳升出来时，请问黑暗在哪里？"舍利弗说："太阳升出来时，黑暗就不见了。"维摩诘说："我投生到这个污秽的世界，就好像太阳升起一样，太阳升起时，黑暗就不见了。太阳不是为了和黑暗共和而存在这个世界的，是为了来照破这个世界的黑暗，所以我是来照亮这个世界，而不是要和这个世界一起黑暗、一起败坏的。”这给我们一个启发，为什么我们在无始劫的生死之后，会投生到这个世界？是为了要成就我们的因缘，我们有很多因缘未了，现在回来把这些因缘了了，了了这些因缘以后，我们的身心可以得到究竟的安顿。当一个人知道什么是智慧、慈悲、生死，什么是因缘、什么是禅定后，如何使我们的身心处在统一与和谐的状态，这就是身心的安顿。

第六讲·身心的安顿

首先来讲“身心的安顿”所包含的范围。我们先来看“安顿”，“安”字是上面一个“宀”字，下面一个“女”字，安的意思有平安、安定、安详、安静、安心、安住等。闽南语有句话说得很好：安啦！别紧张。安啦！不必烦恼。安啦！没有什么好挂心。

“安”在佛教里有几种特质，第一是内住，往内观照，往内住的特质。第二是安住，就是不动摇、不散乱。第三是调顺，调理得非常顺畅。第四是寂静，很安静。第五是专注，非常专注。第六是任运，自在的意思，随你所要的去运转。

在禅宗里有一个话头说：“四大分散的时候，向何处安身立命?”这是天目明本禅师讲的。从禅宗的角度来讲，所谓的“安顿”就是要常常去观照、思考，当我的四大分散的时候，我要去哪里安身立命？四大是指地、水、火、风，就是组成我们身体的元素。

若从净土宗来看，净土宗有个祖师叫善导大师，他在《往生礼赞》里曾说：“安心是往生净土的必备条件。”所以现在不能得到安心，将来要去净土就很难。什么叫安心？善导大师提出三项观点，第一是至诚心，非常诚挚的心；第二是深心，非常深切的心；第三是回向心，就是回小向大，心念常向着净土。为什么安心是往生净土的必备条件呢？因为极乐净土叫极乐世界，极乐世界在经典里又叫安乐国，也叫安乐净土及安乐世界，要是一个人不安乐，如何到安乐世界？这些就是安的意思。

“顿”有两个意思，第一个是“停顿”，暂时停下来，放下、放松，就像文章中的逗点、句号、分段一样。在这么匆忙的日子里，希望我们稍微休息一下、停下来。篮球比赛在战况非常激烈、胶着时，教练可以叫暂停。暂停的时机非常重要，暂停的三分钟往往会使落败者反败为胜，或使胜利者保持战果，所以暂停的三分钟，往往会影响比赛四十分钟的结果。因此，人生的暂停很重要，什么时候叫暂停，可以看出一个人的智慧；若你的人生永远不叫暂停，就会陷入兵疲马困的情况。一直在工作，会变成工作狂，生活从来没有片刻的停顿。“顿”的第二个意思是“立刻”，就是顿时，所以将一个人开悟叫顿悟。什么是顿悟？就是躺下来睡觉，听到闹钟响，爬起来，这就是顿悟。顿悟的状况分为几种：第一种是，一个人睡着后，听到闹钟响，立刻跳起来，投入一天的工作。一般而言，一个人在睡着时从听到闹钟响到醒过来，大约要三到五分钟。第二种是，闹钟响第一声，就立刻跳起来、醒过来，这样的人在佛教里叫“顿根”，也叫有慧根的人。而方才一般三到五分钟醒来的人叫“凡根”。第三种是，听到闹钟响后，身体爬起来，开始刷牙、洗脸、吃早餐、坐车去上班，上班上了两个小时才醒过来。这种人在佛教里叫“钝根”，就是善根沉没的人。但无论是属于什么样的人，我们可以得到一个结论，就是醒过来的时间比睡觉的时间短，也就是一个人睡八个小时，醒过来需要的时间是三到五分钟；若一个人睡十六个小时，醒过来的时间也是三到五分钟；若一个人睡一百年，也是一样；若一个人无始劫以来都在睡，都在沉迷，现在要醒来，也是三到五分钟时间，这叫顿悟，也叫立刻醒过来，立刻领悟，然后进入生命的此时此刻。

各位可以在早上醒来时体会如何来进入生命，当你从迷蒙的状态里突然张开眼睛进入生命的此刻，这种进入非常重要，就叫做“顿”。一般人常说：“休息是为了走更长的路。”但修行者是：“一切的活动都是为了休息。”所以休息非常重要，能使身心得到完全的放下。为什么休息和立刻非常重要？因为我们在睡觉时常会进入一种迷梦的状况。就是自己不能做自己的主人，做身口意的主人，身心处在一种迷失状况。我们在做噩梦时，都不知道自己为什么会做这样的梦。有一次，我做了一个很恐怖的梦，梦到我在海边散步，一个陌生人从对面走来，我看这个人很不顺眼，直想把这个人杀掉，当心里在想时，手里就有一把刀，于是我走过去把他杀了。杀了后，觉得这个人也没有用了，就把他剁一剁，剁了以后，又想，有个油锅多好；梦里想到什么就有什么。后来真有个油锅，我就把这个人放下去炒一炒，炒完后丢到海里喂鱼。在喂鱼时，我坐了起来，满头大汗，吓一跳，为什么会做这种恐怖的梦？使我害怕的不是恐怖的梦，而是第一个：“像我这么善良的人为什么会做这种梦？”第二个是，睡觉时，我的身心是完全迷失的。由于身口意的迷失，就使我们无法安顿。如何使我们安顿？就是顿悟，立刻醒过来，做自己身、口、意的主人，身、口、意就是我们的身心。

由四大组成的身体

我们的身体是由四大组成的，就是地、水、火、风。地就是坚固的东西，我们的骨头、皮肤、头发等固体的东西叫地。水是在我们身体内流动的东西，像血液、内分泌等叫水。火是暖气，身体内的热度。风是呼吸和气。地、水、火、风是身体的本质，也就是说，我们诞生这个世界之前是没有我们这个人的，我们的长大是借助于地、水、火、风。我吃了很多稻子，长了身体的地大；喝了很多水，增养了血液，也增养了水大；吸收了很多能量，增加了我们的火大；呼吸空气，增加了我们的风大；因此地、水、火、风是我们的四大。我们四大的本质和宇宙的本质一样，地、水、火、风也是构成宇宙的本质，宇宙中所有的东西都可以分成地、水、火、风这四类。由于这些本质，使我们的身体产生六个作用，叫眼、耳、鼻、舌、身、意。眼、耳、鼻、舌、身、意是一种外在的相，内在本质的东西是一样的。

如何了解本质的东西是一样的？方才讲到醒来，一个人的醒来有很多种状况，而身体的每一部分都会醒来。先讲眼部的醒来，一个人在睡觉时，用一支很强的手电筒照他的眼睛，他会醒来；打开灯，也会醒来；在睡觉时，挖一团粪便放在他鼻子上，他会醒来；虽然睡着了，但鼻根并没有失去。一个人在睡觉时，放音乐或火车经过，也会醒来，这是从耳根醒来。若一个人在睡觉，你拿一些剁碎的辣椒放进他嘴里，他也会醒来，这是从舌根醒来。小时候我们常玩的一种游戏，就是点一支香，夹在人的脚趾上，这个人在睡觉，大约一分钟后，就听到他惨叫的声音；我们就跑到他石头丢不到的地方去。这时是从触根醒来。所以，从身体的各个部分都可以达到醒来。因此，我们眼、耳、鼻、舌、身、意表面上是不一样的，其实是一样的，是相通的。我家楼下有个“耳鼻喉”科，那个医生告诉我，耳朵、鼻子、喉咙是相通的，而整个身体是整体的。

认识了身体，就会了解到身体的作用会失去，我们的眼睛，会越来越看不清楚，听力会不如以前好，辨别味道的能力也将不如从前。这些不只是一个人在失去，而是整个的失去，若耳、眼、鼻、舌、身没有得到锻炼，就会慢慢地失去。我的朋友曾做过一个实验，拿一包一公斤的米，给三个不同年纪的人提，发现年纪越大的人猜一公斤米的重量猜得越准。一提起来，就猜一公斤，而像二三十岁的人提起来，有的说两公斤，有的说半公斤，感觉都抓不准；而五六岁的人更不知道什么叫公斤。所以，感觉对个人而言是会失去，像现代的社会大家都不太使用感觉了，所以也在慢慢地失去。地、水、火、风的本质会散灭，有一天，我们会离开这个世界，离开时，我们的水，会还给这个世界的河流；我们的身体会还给这个世界的泥土；气息会还给这个世界的空气；热度会回到这个世界，所以，地、水、火、风一定会散灭。

身心不可分割

和身体相对的叫“心”。身体的作用是眼、耳、鼻、舌、身，而心的作用有两个，一个叫意念，一个叫心识。所以，和眼、耳、鼻、舌、身相对的心是色、声、香、味、触，因为有眼睛，才会有颜色；有耳朵才有声音；有鼻子才有香味；有舌头才有味道；有身体才有触觉。反过来说也是一样，因为有颜色才感觉到眼睛的存在，因为有声音，才知道我的耳朵还有用，因为有香味，才知道鼻子还很灵，所以身体和心的作用不应该被分开，它们是一体的。也可说身心的快乐是一体的。当身体遭受到痛时，是从心痛起，不是皮肤痛。

在《大智度论》里将身心的痛苦分成两部分，身体所感受到的痛苦，第一个是受到系缚的痛苦，被捆绑的意思。第二个是牢狱的痛苦，被关在牢狱。每天走在台北街头，看到家家户户都是铁窗，里面关的都是身体。第三个是刑戮的痛苦，刑戮不只是被别人刑戮，自己受伤也是痛苦。第四个是不自由的痛苦，身体使我们不自由，无法飞来飞去，无法穿墙遁地，就是因为我们有这样的身体。

第二部分心灵的痛苦，第一个是忧愁的痛苦，第二个是嗔恨的痛苦，第三个是恐怖的痛苦，第四个是忌妒的痛苦，第五个是猜疑的痛苦，第六个是不自由的痛苦。了解了“身心”、“安顿”的观念，就知道身心的安顿就是要使我们的身心得到自由，身心得到自由就是从身体和心灵里，都可以一起得到自由。因为身体是心的形体，心是身体的本质。依照佛经的说法，一个人的心怎样，会影响到他的长相、身高，甚至眼睛的大小。不只是我们的身体，还有我们穿的衣服、住的环境，都是心的外在表现。现在各位坐在这里，这么多人，每个人都穿不同的衣服，为什么穿的衣服都不同？因为衣服和心是相印的，百货公司那么多衣服，为什么就选上那一件和你的心是相印的，你的心呈现出那样的东西。所以，身体、衣服、房子，甚至整个台北市，整个世界都是身体的一部分，也是我们心的展现。

身心得到安顿和自由的状况是什么？在佛经里讲这种状况叫身心脱落的状况，就是脱掉了身体和心的一切烦恼、妄想而进入真空、无我的自由妙境，也就是见到父母还未生我们之前的本来面目。“本来的面目”非常重要，因为我们的面目每天都在改变、都不一样。有一天我到乡下去，拿了张我们全家合照的照片，我家有十八个兄弟姐妹，看照片时，认不出哪一个是我，糟糕！竟然找不到自己。我赶快去找妈妈，我想她应该认得。我妈妈看了半天才说，我知道，你在这三个人里，但不知道是哪一个？为什么呢？改变实在太大了，我们的面貌每天都在改变。但无论我们是七岁或七十岁，我们都知道有个东西是没有变的，就是“我”。我们的面貌已经完全改变，走在街上遇到小学同学，他一定认不出我。他会想，林清玄，你以前很瘦，头发很多，现在怎么会变成这样？所以这是一种改变。

要达到身心脱落这种境界比较不容易，在一个人身心尚未脱落的过程里，特别是现代人，要如何安顿身心？用哪些方法来安顿身心？首先要了解现代人的烦恼及波动，以及现代人的本质从哪里来。现代人有很多特质和古代不同。

现代人定力薄弱，心性浮躁

第一个现代人的特质是定力薄弱，心性浮躁。从哪里看得出来？有一次，我到东京一家卖古董相机的店去看古董相机，看到这家店里最老的一部相机，已经有一百多年了。老板告诉我，这部相机光是曝光就要十分钟的时间，他说他曾带着这部相机去给人家拍照，他告诉别人，你坐着十分钟不要动，我帮你拍一张照片，每一个人都说没问题，后来他发现，没有一个人可以坐着十分钟不动的，即使是睡着的人，也没法十分钟不动，让他竟然无法拍照片。他觉得很奇怪，为什么古代的人拍过照都能拍得很清楚，无论大人或小孩，都能站十分钟不动，不容易。我们拍过照片的人都知道，叫一个人站着不动八分之一秒都很难、也很模糊。而全自动的相机，很少超过八分之一秒，一到八分之一秒时，闪光灯就跳起来了，因为实在没有人可以这样。为什么古代的人都可以做到，现代的人却做不到？我曾问过我儿子，他想一想，说，对呀！古代没有冰淇淋，现代有冰淇淋，你拿个冰淇淋拍照，十分钟后都溶掉了。为什么会这样？是不是某些东西已经逐渐在失去，这东西就是定力。

由于定力的失去及心性的浮躁，使人们很自然地会去寻找一些速成的东西，像麦当劳、依特利、肯德基等都是速成，而无论走到百货公司或超级市场都会发现很多的方便面，因为现在很少有人愿花十分钟来煮一碗面，三分钟已经很长了，何况是十分钟。最好是电钮一按，立刻出来。所以我们习惯于速食、速饮和急速的开悟，如果你现在要开班授徒，卖一种茶，一杯十元，喝了即刻开悟，生意一定很好，大家觉得这是最方便的。我记得年纪很小的时候，因为要玩，所以吃饭吃得很快，我外婆常说一句话：“吃那么快要去赴死啊！”只有赶死才会那么快，平常何必那么快，慢慢吃又会怎么样？慢慢吃，这个世界不会天崩地裂，不会发生什么事情；不吃方便面、麦当劳，这个世界也不会怎么样。我们为什么要吃呢？尽量把时间缩短来吃这些东西，然后剩下很多时间，到处告诉别人生活好无聊。所以，各位吃东西时，可以常想想这句话：“吃那么快要去赴死啊！慢慢吃也很好。”

有一次，我在街上碰到一群很久不见的朋友，大家一起去喝咖啡，结果大家都拼命走，走得很快，走到咖啡厅时，已经满头大汗，我说：“我们要来做什么？”他们说：“要来喝咖啡。”喝咖啡慢慢地走就可以，何必像是要赶到战场去似的。可是，因为我们的定力已经失去了，所以大家都习以为常。有时，我坐在台北街头，看很多人走来走去，每个人都好像要去赴死一样。为什么说是“赴死”呢？各位如果看过电视转播死刑犯要死之前吃最后一餐的情景，卤蛋整个一口吞下去，好可怕！为什么？因为这是他的最后一餐，他已经没有时间慢慢吃了。但我们不必吃得那么急，因为生活还有很多可以去体验：吃饭时慢慢地吃，走路时慢慢地走，这个世界并不会怎样。这是现代人的第一个特质，就是定力薄弱、心性浮躁。

现代人欲望强盛，烦恼繁多

第二个现代人的特质是欲望强盛，烦恼繁多。现代人的欲望比古代人多得多，我们看任何一家人的衣橱，特别是女士，衣服特别多，但她们每次逛街，还是会买回来，所以到处都是百货公司和服饰店。有这么多衣服了，为什么还要不断地买？其实有些衣服一辈子只穿一次，甚至没有穿过，只是为了满足我们的欲望。因为有那么多满足欲望的东西，所以我们从小就被培植了欲望，生在现代的小孩儿，从小就有很多欲望。

我在小的时候，对玩具完全没有欲望，因为不知道什么叫"玩具"，到了读小学时，也没有买过玩具，所有的玩具都是自己做的，因为没有钱买玩具，所以到最后就没有欲望。大部分的烦恼都是由欲望而来的，到百货公司看到一件很漂亮的衣服，看到标价，一万八千元，好烦恼，为什么那么贵？为什么买不起？然后，回去存钱，存了三天，有一万八了，就去买，买的时候，已经被买走了，就捶胸顿足，很烦恼。为什么？因为欲望，其实你不买一件衣服并不会怎么样。

我记得有件事给我很深刻的教化，我父亲过世时，我们整理他的遗物，因为家里小孩儿很多，大家就想各分一件爸爸的衣服回去作纪念，没想到把我爸爸的衣服拿出来，还不到十八件。我非常惊讶！当时的人，为什么可以过这样的生活？完全没有欲望。我以前也过过这样的生活，只有一条裤子，今天穿完后，马上洗，洗了后怕明天不会干，就拿着裤子在墙上拍打，摔呀摔，把水分摔掉，摔到差不多干，铺平了，身体躺在上面，把它烘干；第二天早上，果然干了。常回想这样的日子，可以减少欲望，这世界并不需要那么多的东西，但现代人没有办法，现代人已经习惯这样的欲望。因为习惯这样的欲望，也就习惯于这样的烦恼。

现代人资讯繁忙，知识丰富

第三个现代人的特质是资讯繁忙，知识丰富。现在每一个人都很有知识，包括小孩子，因为他们看很多电视节目和新闻。我们小时候如果阿拉伯发生战争，我们也不会知道。我儿子现在每天都要看电视新闻，看伊拉克和美国打起来了没有。有这么多的资讯使我们的生活和脑筋都塞得满满的，每天只要看三份报纸，就会发现头脑被塞得满满的，所以生活在这个时代，最好不要看报纸，看了报纸心灵完全没有空间。

我将知识和资讯叫做天空的云，它并不是不好的东西，但天空的云太多，就会使我们无法看到天空的本质。我们的心里若完全没有空间，被资讯和知识所塞满，我们就无法理解什么叫做“心”，也无法了解什么叫做“直观”，因为我们所得到的东西都不是直观，都是报纸教我们的，书本教我们的，电视教我们的。由于这种云遮蔽了我们的心，我们就无法专心地进入生活，因为要分很多的心去关怀战争、关怀环保、关怀雏妓、关怀很多的问题，使我们无法有完全的心情进入生命的真貌。

我们再回想几十年前，农业社会时代，一般人一天顶多只有一件事情，以乡下而言，因为我是在农村长大的，所以我了解，今天要播种，今天就只有播种这一件事，不会再有第二件事。明天要把田里的杂草锄掉，就只有锄掉这一件事，没有第二件。施肥、灌溉也是一样，每天只做一件事，但现在，很少有人一天只做一件事的，每个人每天都做几十件事，有些比较忙的人，从早餐到宵夜，都排得满满的。多么可怕！我们的生命已经逐渐地在失去空间。

现代人我执强烈，随波逐流

第四个现代人的特质是我执非常的强烈，然后随波逐流。我执非常强烈，就是无论你要做什么，都可以说这是你的自由，这个世界没有人管你，譬如，要做未婚妈妈，要把孩子生下来自己带大，没有人管得了，你可以说，这是我的自由。你也可以去做同性恋者，可以说，这是我的自由。你可能每天无所事事，然后说，这是我的自由。为什么现代的人有这么强的“我的自由”？这是因为现代人的我执比从前的人更强烈。我们看到畅销书排行榜，看了很可怕，第一本叫《为自己活》，还有一本叫《创造自己》，都是为了自己，没有人为别人活吗？没有人为了创造这个世界而活吗？因为我执越来越强烈，使我们封闭在自己的空间里，封闭在自己的空间里就无法真实肯定生命的价值；因为生命的价值观没有确立，所以就会随波逐流。我们现在回想三四年前，在台北市有哪些风潮？有一段时间，大家都喜欢买兰花，一盆达摩兰卖到新台币两千万元，我看到这则新闻时，非常难过，竟然把这样两千万元的、充满了人的愚笨的兰花叫做“达摩兰”。达摩祖师说过一句很重要的话：“我要来寻找一个不受人惑的人。”竟然有这么多人被人迷惑，竟然一盆两千万的兰花大家抢着买，甚至为了抢兰花而抢劫杀人，多么可怜，这就是随波逐流。

兰花潮完了是红龙潮。有段时间大家都在养红龙，最热门时，我有一次到通化街，看到一家鱼店，上面贴着标语：“新鲜、活泼的蟑螂一只五元。”看了吓一跳，怎么会有人卖蟑螂？想象不到。原来是因为很多人养红龙，红龙喜欢吃蟑螂。有人来买蟑螂，老板还说，很便宜，一百元就有二十只。人怎么会愚笨到如此呢？最热门时，有位朋友告诉我，有个地方专门养红龙给别人看，看一次要一百元，我们就去看，他用一块红毯子把红龙盖起来，先交钱，才打开让你看。人为什么会那么愚笨？

红龙潮完了后是娃娃鱼，娃娃鱼最贵时，一条卖一百万，养不好就拿来吃。多么笨，为什么要养这种东西？

娃娃鱼完了是红猩猩，有一天在百货公司看到一个妈妈抱一只红猩猩走来走去，旁边跟着她的儿子，我很同情她，为什么不抱自己的儿子，要抱红猩猩？

红猩猩完了是大家乐、六合彩，有段时间股票非常风靡。

某次我到屏东，有人告诉我屏东的潮州开了一家证券行，我去看，发现那里的农夫，生活已经完全改变，耕田时都带一个随身听，不可思议，农夫怎么会变成这样？耕完田，到证券行，今天股票涨停板，互相开香槟庆祝。真是很可怕，跌到现在，已经没有人买股票、谈股票；可是在一两年前就可以预见这种结果，为什么不能预见呢？这就是我执强烈，随波逐流，无法回来观照自己的心。

戒心薄、定力浮、慧力浅

现代人由于有这四种特质，而产生几个结果，依佛教说走向智慧之路的三种方法是戒定慧三学。对现代人而言，戒心淡薄，因为经不起诱惑，经不起欲望的诱惑。其次，现代人的定力薄脆，没有定力。再者，现代人的慧力轻浮，智慧轻浮。昨天有个朋友来看我，带着他四岁的小孩来，我送他们回家时，顺便给他们按电梯，当电梯门打开时，我的朋友对他的儿子说："你跟伯伯再见。"这个小孩子对我说："伯伯再见，尽情地享受人生。"我听了吓一跳，四岁的小孩怎么会说出这样的话？原来是从广告里学来的，但他完全不知道什么是尽情地享受人生。尽情地享受人生并没有错，但你有没有这样的体验，才是重要。人生里有许多的课题，体验比知道更重要，一个四岁的小孩，可能知道"尽情地享受人生"这句话，但他完全没有体验。

现代人处在这样的情况，有这些坏的、不优良的特质，所以在所有的宗教里，都把现代当做是坏的。佛教把现代叫“末法时代”，基督教叫“末世”，都是末。现代人有没有可能安顿？有没有机会安顿？

人有无限的潜能

现代人的安顿还是有可能的。现代人的安顿来自三个理由，第一个理由是人有无限的潜能。人可以通过一些压力而得到超越，不只是人，凡是生在这个世界的动物或植物都有这样的能力，通过开发内在而得到潜能。有一次，我到南投县的竹山，车开到竹山时，看到竹山种了很多竹子，但竹林里铺了很多稻草，这些稻草约有一尺厚。我觉得很奇怪，就下车问他们为什么要铺这些稻草？他们告诉我，因为竹笋如果突出地面，它的价格就差很多，闽南语叫“出青”，因为出青以后竹笋会苦。笋农就想，防止竹笋出青的办法就是铺稻草，一开始时，只铺一寸，但有很多竹子在一夜之间突破一寸；后来加盖成两寸，很多竹子一夜之间突出两寸；再盖五寸，也有很多竹子一天内能长五寸，想象不到，现在盖的是一尺。笋农告诉我：“虽然盖一尺，有的竹子也可以在一夜间长出一尺。”以前的竹笋没有长那么快，为什么现在的竹笋长得那么快？因为盖了稻草的缘故。连竹笋这样低等的植物，完全没有知情意的植物，它都为了后代的生存，一晚上可以长一尺；竹笋没有长出来就会被挖去卖，突出来的就被留下；所以它就可以生存。竹子都有这么强的力量，当然人的内在也有很多尚未开发的地方。

有时看电影，看蓝波或阿诺德·施瓦辛格、成龙的片子，我都很崇拜他们，因为每次当他们快被打倒时，都没有被打倒，他们在越大的压力下，能力就越强，所以前面的整个过程都是让他们有很多的压力，最后的结果是他们突破了。人，有很多的空间还没有被开发，因为压力还没有来到，人是否可以在没有压力时，开发自己的内在世界？有可能。

在《华严经》里将人或整个世界分成三个层次，第一个世界叫“器世间”，第二个叫“有情世间”，第三个叫“正觉世间”。正觉世间就是完全得到正确觉悟的世间，有情世间就是像现在有感情波动的世间，器世间就是物质的世间。我们可以体会到物质和感情的世间，但有一个非常大的、内在的东西并没有被开发出来，叫做正觉世界，不只在外面，也在我们的内心。

在《般若经》里将智慧、般若分成三个层次，第一个层次叫文字般若，第二叫观照般若，第三个层次叫实相般若。也就是智慧分成三种，第一个是文字的智慧，就是知识和资讯；第二个是观照的智慧，你可以蹲下来看一棵含羞草怎么样合掌，这是从观照里得来的智慧；但有一个很大的空间并没有被开发，这个空间叫实相般若，也就是这个世界的实相我们还不知道。从心理学的角度来讲是意识和潜意识，意识是冰山的一角，潜意识像一座很大的冰山，使我们知道我们有个很大的、未被开发的地方，我把这种很大且未被开发的叫处女地。这也使我们知道，如果我们开发这种内在世界，就比较容易得到身心的安顿，也就是越是理解内在潜能的人，越可以安顿身心。

人可以突破束缚

第二个，为什么现代人可以安顿身心呢？因为人可以突破自我的束缚，我们有很多的束缚，但我们可以去突破它。束缚是什么？举个例子，我曾接受过跳伞的训练。跳伞训练时要先从塔台跳起，塔台上有根绳子，人就吊在上面跳下来，不会摔下去。我第一次去报到时，看到塔台，发现并不高，这样的塔台怎么能训练人将来从一万英尺跳下来？我就问教练："塔台有多高？"他告诉我："塔台有三十四英尺。"我问："塔台为什么是三十四英尺，而不是三十五英尺或一百英尺呢？"第一个教练就被我问倒了："不知道！"我就问第二个教练，也不知道，问了很多教练都不知道，问到第五个教练，他才告诉我："因为三十四英尺是心理学家经过测试得到的结论，是人最恐惧的高度。"为什么呢？因为从三十四英尺高处跳下来，人一定会摔死，而且摔得会很窝囊、很难看，所以我们跳时会很紧张。如果塔台设成五千英尺，摔死也是很豪迈的，三十四英尺会让人觉得很窝囊，而且会摔死，所以要特别小心。如果一个人可以突破三十四英尺的高度，毫无恐惧地跳下来，这个人即使跳一万英尺也没有问题，这时心理的高度就会突破。这种束缚的突破就是悟，开悟的状况，悟到什么呢？悟到“如果我有智慧，智慧就是我的降落伞”。三十四英尺和一万英尺并没有不同，如果一个人随时都有降落伞，可以保持一颗光明的、悟的心，那么就可以从三十四英尺起跳，最后跳一万英尺都没问题。所以人是可以突破这些束缚的，有很多人在开始做一件事时会有恐惧，这个我做不好，那个我做不好，会害怕，因为不知道自己的能力在哪里。

我曾接到三家报社的聘书要我去上班、当记者，我就选择了《时报》，因为员工的平均年龄最小。去了以后，被总编辑分去跑社会新闻，我跑得很不愉快，就跟总编辑说，我的个性不适合跑社会新闻，我比较适合文教、艺术，一些比较有深度的新闻。他就很严肃地告诉我：“这个世界上，没有人天生就会跑社会新闻，所以你也可以跑。”当时，我呆在那里，对呀！我也可以跑。过了不久，我就被调去跑经济新闻，我很不高兴，想要辞职，但有一句话从我心里浮上来：“这个世界没有人注定要跑经济新闻，所以你也可以跑。”过了几个月又被调去跑科技新闻，这个更难、更可怕、更令人讨厌。“这个世界没有人注定要跑科技新闻，所以我也可以跑。”结果跑得不错。最后我快离开报社时，被派去跑鸡蛋和色拉油的新闻。鸡蛋和色拉油的新闻，就是在报纸上有一条约一厘米的地方叫产业新闻，就是报鸡蛋零售一斤多少钱，批发一斤多少钱，所以跑这个新闻，一天三分钟就完了，打个电话问，填下去就可以了。我心里很不愉快，但那句话又浮现上来，没有人天生就跑鸡蛋新闻，所以我也可以跑。就去跑，结果也跑得满愉快。这个世界没有人一定会怎样，或一定会受束缚，因此，我们也可能突破，这是一个非常重要的概念，现代人可以突破的。

人要肯定自我的价值

第三个，人要肯定自己的自我的价值。我上次提到，在百货公司里，香水的价格都不同，为什么？因为在这个混乱的时代，你给自己的价值多高，你的价值就有多高。把自己当做一瓶香水，标价一万元就是一万元，人就是必须这样自己来肯定自己的价值。我的价值不被这个世界肯定，所以这个世界的人看不起我，我不在乎；这个世界的人讨厌我，我不在乎；因为我自己的内在里有一把尺，古代叫“吾心如秤”，我的心里有一把秤，我知道自己的分量，所以不必害怕。

为什么人要肯定自己的价值呢？因为我们活在这个世界，大部分的人，都是为别人的肯定而活。你要辞职，别人告诉你，你已经做那么久了，应该继续做下去，然后你的生命就被蹉跎了。你要结婚，你妈妈说那个对象不好；明年也一样，过了十五年，对象都不好，你的青春就被蹉跎了。为什么要由你的母亲来肯定你的价值呢？可不可以自己来肯定自己的价值呢？

有一次，我感触非常深刻，那是在路经一家鱼店时，看到鱼店门口放了两缸鱼，这两缸鱼是很小的锦鲤，都一样大，左边的一缸，一条锦鲤才五元，右边的一缸，一条锦鲤六十元，奇怪，都一样大小，又都是锦鲤，怎么会一条五元，一条六十元？我就问老板为什么价格不一样？他告诉我，你不觉得这缸的比较漂亮吗？看来看去，五元的也很漂亮啊！他就教我怎么看锦鲤。他说看锦鲤就像选美一样，第一要看它的身材比例好不好；第二个要看它的颜色，颜色如果很和谐就很好；第三个如果是纯净的颜色，颜色明亮的比较好。他教了我很多看锦鲤的方法。他说，还有更好的，一生下来就几百元；更差的是生下来一条一元，现在都在夜市里让人捞。

怎么能确定是六十元、五元、一元呢？因为人用自己的美感观念来衡量它，后来我就买了一些五元的锦鲤，带回家养在我家的鱼缸。我带回来的锦鲤很奇怪，有一条一半是黑的、一半是白的，长得就像包公一样；有一条尾巴比身体还大。每一条都很特别，颜色都很漂亮，晚上看都很美，且独一无二。有一天，有一个朋友到我家来，一直坐在我的鱼缸旁看我的鱼，看得很入迷，这个朋友就是养锦鲤的，到很晚了他还是不肯离去，他说："你的锦鲤怎么那么美，在哪里买的？"我说："有眼光的人才会买到美的。”他自己也养锦鲤，但他从来没有看过这种锦鲤，因为他都是到鱼场买几百元的，从来没有看到过五元一条的锦鲤。我就告诉他：“你养了这么多年的锦鲤，但不知道锦鲤有这个样子的。自从后现代主义流行以后，欣赏锦鲤的角度已经改变了，要欣赏锦鲤有几个方法：第一，要看它的身材是不是独一无二；第二，要看它的颜色是不是很奇怪；第三，颜色越不和谐、越不统一的越美。”他听了说：“真的吗？我怎么都不知道有这种事？”我问他：“变体钞票和变体邮票是不是都比平常的贵？”他说：“对呀！”他很欣赏，要离开时就对我说：“林清玄，你的锦鲤可不可以卖给我？”我说：“我这个锦鲤很不容易找到的，因为我们是多年好友，一条卖你一百元就好。”他高兴得不得了，就带回去养。

这个锦鲤的价值是没有一定的，每个人看一条锦鲤都给它不同的价值，有的人看是五元，有的人看是一百元，可能养大后，真的养了一条锦鲤一边黑、一边白，可能贵成一百万，但为什么现在没有这样的锦鲤呢？因为一出生就已经被淘汰了。如果我们将我们的自我价值交给别人来肯定，很可能我们就会在夜市里让人捞。现代人有很多的烦恼是来自别人的看法，因为别人的看法是不一致的，所以就产生了生命价值的混乱。生命最重要的价值是什么？就是：一、我活着，现在我活着。

二、我要尽我的能力活得好。三、我要做一个平安和快乐的人。如果我是一个学生，我要做个平安和快乐的学生；如果我是个计程车司机，我要做个平安和快乐的计程车司机。如果要做平安和快乐的人，就必须要有内在的生活，才不会被欲望、感官、价值所流转，不会被别人的价值所流转。这使我知道，自我价值的肯定，就是知足常乐。

这三个现代人安顿的可能使我们知道，就在此生此世，身心的安顿是可能的。因为，我活在这个世界的安顿，就是我从无始劫以来的轮回的安顿，我现在安顿了，也就是等于安顿了我无数未来的时间，所以“此刻”是安顿最好、最重要的时间。

那么，我们要用什么方法安顿呢？分成两方面来讲，有一些简单的方法可以使我们得到安顿。第一是从内在方面得到安顿，在佛教里叫四念处；四念处就是四种智慧的观照，也就是四种得到真理的方法。

观身不净

第一个念处——观身不净，观察我们的身体是不干净的。身体是无常的、是苦的，身体最后都会败坏。你看到一个人长得还不错，但他的身体也是不干净的，无论你吃什么山珍海味，第二天拉出来的都一样，无论你吃多么香的食物，拉出来的都是臭的，身体是不干净的。所有的东西通过我们的身体，就臭了。到永琦百货楼下买一瓶 CD 的毒药香水来喷，一瓶七千元，全身喷满了，第二天早上起来就臭了，因为身体是不干净的，你把香水变臭了。你买了件再好、再名贵的衣服穿在身上，早上出门还好好的，晚上回来就臭了、脏了，所以身体是不干净的。

因为身体是不干净的，所以不必花太多的时间和金钱来执著它；如果不花太多的时间和金钱在我们的身体上，我们就不会有太多的烦恼。这个身体既不干净，也不是我所有的，因为从前我的身体已经完全失去了，现在的我的身体也是每天在失去，所以不要执著。这个世界有比我们的身体更重要的东西。

观受是苦

第二个念处——观受是苦，观察到所有的感觉都是苦的。所有的快乐都会失去，所以快乐也是苦的，因为快乐的失去就是痛苦，痛苦的感受，随时随地都会来到。

在原始的经典里，释迦牟尼佛曾告诉过弟子："做一个修行的人，要不受第二支箭。"什么叫不受第二支箭呢？当你被痛苦的箭射中时，把它拔出来，不要再沉溺在你所受的痛苦里。如果失恋，今天失恋，把箭拔起来；第二天又想到失恋的痛苦，立刻又被箭射中；第三天又想到失恋的痛苦，立刻又被箭射中，一直到死的那天，都会非常的遗憾，每天都被无数的毒箭所射中。快乐也是一样，快乐射中我们时，要把箭拔出来，因为知道快乐失去时，也是痛苦，所以要把快乐的箭也拔起来。不要受到第二支箭，因为第二支箭一定是痛苦的。这种观受是苦，使我们知道人生真的很痛苦，但我要使我对痛苦的耐力没有底限，要尽我最大的耐力来承受人生的痛苦。

观心无常

第三个念处——观心无常，观照我们的心念不是恒常的。上次讲过，一个人爱另一个人，不可能二十四小时都维持一样地爱他，早上醒来时爱得要死，上厕所时就忘记爱了，中午吃饭时也忘记爱了。在谈恋爱时，一天至少有一半的时间忘记去爱你的爱人，因为爱是无常的，心是无常的。由于肯定心是生灭无常的，因此肯定烦恼、忧愁、痛苦都是生灭无常的。痛苦会过去，烦恼会过去，忧愁也会过去，不会永远一样的痛苦，也不会永远一样的忧愁；如果有这样的认识，常常观照心是无常的，就可以使我们在变动中免除恐惧。

心的无常非常快速，释迦牟尼佛曾举了个例子，跟他的弟子说："现在如果有四个很有力量的射手站在四个不同的方向，一个向东、一个向西、一个向南、一个向北，然后把弓箭拉开，尽最大的力量射出去。假设有一个人可以在同一个时间，把四支箭在还没有落地之前都接住，你们看，这是快还是不快呢?”徒弟说：“很快，很快，快到不可想象。”释迦牟尼佛说：“但是，有比这更快的东西，日、月、地球的旋转比箭射出去的速度还快；而且，还有比日、月更快的东西，就是心念的无常。”闭起眼睛想想看，心是无常的，不要沉溺在痛苦和快乐里。

观法无我

第四个念处——观法无我，认识到一切的法都是因缘而生，背后并没有一个主宰，也不是我所有的。这时，就可以破掉我执，因为现在所拥有的都不是真实拥有的东西。我执带来很大的痛苦。曾经有一个年轻的女孩儿来找我，她失恋了，被她的男朋友抛弃，非常痛苦，在那儿痛哭。我说，你有没有想过为什么你会感受到痛苦？她说，没有。我说，因为你执著，因为你认为你的男朋友是你的。是我的，失去才会痛苦，如果别人的男朋友爱上了别人，你不会痛苦，因为他不是你的；同样的，男生也是一样。我有时对失恋的男生讲，因为你常认为你的女朋友是你的，但我请问你，你的女朋友是不是你生的？不是，是她的父母生的。她父母亲生的怎么会是你的呢？所以她的身体绝不是你给的。你的女朋友念到大学，你有没有给她交过学费？没有，都是她爸爸、妈妈交的。对呀！你没有替她交过学费，所以她的成长、训练都不是你的，她是她父母供养长大的。她的心也不是你的，如果她的心是你的，她就不会抛弃你。因为她本来就不是你的，爱上别人也是很好的。对呀！所以我也要去爱别人，因为我也不是他的，这时就破解了我执。

达摩祖师的四种方法

打破四个执著可以使我们的内在得到安顿，第一个执著是身体的执著，第二个是感受的执著，第三个是心的执著，第四个是法的执著。当内在的身心得到安顿后，还是不够，因为在我们的环境里，有很多加在我们身上的东西使我们不能安顿，如环境的烦恼和困扰。如何来对应环境而得到安顿？

达摩祖师的《入道四行观》里讲到四种方法可在环境里得到安顿。第一种方法叫“报冤行”，受苦时要常想，从无始劫以来，我曾做了很多伤害过别人的事，这一辈子虽然没有伤害过别人，但我现在受到痛苦是因为从前做坏事的果已经成熟了，所以我要安心地承受。可能我上辈子发愿，下辈子做牛做马来报答别人，现在别人稍微侮辱我就受不了，又怎么能算做牛做马？还有很多要还的，这叫报冤行。报冤行就是当你碰到一切坏的事情时，要甘心忍受，不起怨心，并不是故意去忍受，而是遭遇已经没有办法时，要甘心地忍受。我们活在这个世界上，常会被伤害，就像别人欠债不还、付出感情后被抛弃、被朋友出卖、做生意被倒账、投资公司突然倒闭，这些都不是无缘无故的，都是报冤行。这是从前欠的债，既然欠债，现在就该还。有些人会说，这样太消极，万一从前没有欠债，现在也遭遇到苦呢？现在遭遇到苦也很好，他就欠你的债了，永远有利息在人间，这样很好，下辈子你就可以享福了。

第二个行叫“随缘行”。前一个用来对治痛苦，这个用来对治快乐。喜庆时，达摩祖师说：“遇喜庆、荣誉不为所转，观想是宿因所感，缘尽还无，得失从缘，心无增减。”意思是当我遇到好的事时，不要被它所转，因为这是我从前做了很多的好事，现在它成熟了报在我的身上，将来缘尽了，好事也就没有了，没有什么好高兴的。知道得失都是因缘的关系，心里就没有增减。所以达摩祖师说，如果可以常做随缘行的观照，就可以“喜风不动”，喜悦的风吹来，可以不被波动。随缘行使我们知道，所有的好事都不会长久，活在这个世界已经很好了，碰到好事时也没有什么。曾有一个人，跑百米赛得了冠军，接受记者的访问时说：“最好的跑者都听不到掌声，因为他永远跑在掌声的前面。”如果在赛跑时常听到掌声，一定得不到第一。当别人告诉我：“你文章写得很好。”我不为所动。当别人告诉我：“你很有智慧。”我说：“你一定比我更有智慧，否则你怎么知道我有智慧?”喜风不动，这就是随缘行。

第三个叫“无所求行”，为什么无所求呢?因为有所贪着，才会有所求，有所求就会有烦恼，无所求就没有烦恼。达摩祖师说，所有的功德和黑暗，都是互相追逐的。各位若点一根蜡烛在桌上，会发现蜡烛的旁边最暗，所以功德和黑暗都是一起追逐的。在《阿含经》里曾记载，有一个有钱人，某天听到有人来叩门，打开一看，原来是个很漂亮、很庄严、很美的仙女——功德天，功德天对有钱人说：“我想在你家住几天，你欢不欢迎?”有钱人很高兴，当然欢迎，立刻请到家里，请她吃饭、服侍她。当他正在高兴时，又有一个人来叩门，一开门，是个很丑、很可怕的女人——黑暗天，她说：“你可不可以供养我住在你家里?”有钱人说：“不行，不行。”黑暗天说：“不行也得行，因为我们两个姐妹从来没有分离过，所以你要功德，你就要承受黑暗。”有钱人就说，我两个都不要，把美女也赶出去了。释迦牟尼佛说，有智慧的人就要像这个人一样，功德和黑暗都一样地对侍。

在《四十二章经》里曾讲：“智者金石同一观。”有智慧的人看一块黄金和看一块石头都是同样的观照，因为黄金和石头并无两样。在《遗教经》里释迦牟尼佛曾说：“少欲无为，身心自在。”减少我们的欲望无所求，身心就可以得到自在。

他还说："知足之人，虽贫而富；不知足之人，虽富而贫。"知足和不知足，就是有所求和无所求，所以要安心无为。

达摩的《四行论》中第四行叫"称法行"，就是要认识到法并没有众生，因为法本身是没有垢染的，所以要认识到诸法都是空的，要依空法而行，这可使我们对治外在的不如意而得到安顿。空法行在《金刚经》里讲，"应无所住而生其心"。虽没有执著，但心并没有死去，心还是很活泼，时常在我们的内在做"四念处"，在外在做"四行观"，可以使我们不起烦恼而得到安顿。经过这种观照的训练，使我们进入第二个层次调柔——调和使身心得到柔软。佛有十个名号，有个名称常被忽略，叫"调御丈夫"，就是可以驾驭、调整自己身心的大丈夫。

调柔得像水一样

这种调柔的过程有三：第一，就好像陶师调土，就是做陶的人把一块泥土拿来调，要调到泥土非常柔软时，这块泥土才可以做东西、造物，但也不能和稀泥，一定要调到不硬不软。所以要使我们的身心调到不硬不软的状况，才能创造东西。

第二，调柔使我们的身心清净如水，干净得像水一样。水有很多的特质，第一个特质是顺势而行，顺着山势、土地而行，而不是逆势而行。水的第二个特质是可以使我们清净。第三个特质是在任何情况下都不失去它的本质。现在把水装在圆形的杯子里，它变成圆形；倒在方形的杯子内，它变成方形；倒在八角形中，它变成八角形，但水的本质并没有改变。如果把水冰在冰柜里就变成冰块，它改变了；把水煮开，就变成蒸汽，但无论如何，它的本质都不会改变，这就是顺势而行，而不改变本质。

第三，调柔身心的层次是调柔到空性。空性就好像空气一样，我们吸不到空气，但当我们吸空气时会吸到一个极限，因为它是有的。吐出来，就没有了，在《楞严经》里，释迦牟尼佛曾举了个例子来讲空性。他说，现在你拿一个瓶子，把瓶口盖住，瓶子里的空气是这里的空气。现在盖住这个瓶子拿到另一边来，瓶子里的空气还是这里的空气。但现在将瓶子打开，空气立刻混在一起，分不清是哪一边的空气。这给我们一个很好的教化，如果你可以跟法界处在和谐、统一、没有挂碍的状况，那么你移到哪里都是自在的。现在我们自在了，因为可以和空气和在一起，拿到这里可以自在，打开又可以和在一起，因为这里面没有执著，这里面是空性。如果杯子内装满了东西，就无法和法界的空气交流，这种交流的情况有首流行歌诠释得很好，就是“把我的灵魂接在你的线路上”，就是无论何时何地，打开我的盖子，我都可以收到法界的讯息，并且可以融入法界。这是很重要的，因为这就像带一个随身听，无论你走到哪里，打开你的随身听，调到固定的频道，你就可以收到音乐；调整我们的频道，使我们的频道变得非常柔软而进入空性。

调柔身心的五个方法

方才讲的偏重于理论，现在讲讲生活里调柔的方法，调整自己身心柔软而安定的方法。在佛经里，有些故事使我们知道释迦牟尼佛是非常注重生活的，在一本佛经中曾记载，释迦牟尼佛的护法叫波斯匿王，有一天他去见佛陀，见到佛陀要礼拜，发现自己太胖，拜不下来，释迦牟尼佛说，你太胖了，我教你一些减肥的方法，就教了他一些减肥的方法，波斯匿王把减肥的方法带回去，依照佛陀教的方法去减肥，三个月以后减肥成功。再去见佛陀时，又可以礼拜了，他就很高兴。佛也教人家减肥，各位如果要减肥，可以回去看《法句譬喻经》，里面有教减肥的方法。

如果想看如何做个好媳妇，去看《玉耶女经》，释迦牟尼佛对一个很坏的媳妇说，你要做个好媳妇，在丈夫还没起床前，就要起来打扫庭院。我们看到，释迦牟尼佛也教人家做好媳妇。经典里教了很多细微的好东西，譬如佛教我们早上起来时要吃稀饭，因为稀饭最好，可以清理我们的肠胃，可以使身体得到健康，有很多的好处。

在经典里将身体调柔的方法分成五个方法，第一个要调整我们的饮食。调整饮食有四个要点：不要吃得太饱，不要吃得太少，不要吃脏东西，不要吃不适合自己的东西。很简单，但要做到很难。为什么不要吃得太饱呢？因为吃得太饱会气急身满，坐念不安；吃得太饱坐会不安定，所以吃七分饱就好，气也不会急。不要吃得太少，吃得太少就会意虑不固，精神萎靡。不要吃不干净的食物，不干净的食物就像炸油条、咸酥鸡这种用油炸很久都没有换油的东西，或夏天时路边摆的东西。这些吃了会心识昏迷，使心和意识处在不清明的状态，这也就是为什么佛教鼓励吃素，因为吃素是吃干净的食物，素是干净的意思。不吃不适合的食物，因为每个人的体质都不同，要了解自己的身体状况，不要吃不适合的食物，不然会引发宿疾。有一个很简单调饮食的方法，就是每天吃五色五味，每天吃五种不同颜色的食物，就是青、黄、赤、白、黑。青是青菜，黄像黄瓜、黄豆，赤像红萝卜、辣椒，白是白菜、白萝卜、高丽菜，黑是黑豆、香菇。每天把这五种颜色的食物都吃下，那么，身体就会很好，因为这五种颜色就是宇宙的颜色。

除了调饮食外，佛经中说，不要睡得太少，也不要睡得太多。不要睡得太少，因为睡得太少会心神恍惚。睡得太多，会善根沉没。

第三个要调身，调我们的身体，调身有三个要点，第一要身正，身体要正，走路、坐下、躺着，身体都要正，要不急不缓。

接着要调息，调整气息。调息有三种，第一种叫风，风就像睡觉时有人打鼾，这就是风。第二种叫喘，爬山时会喘。第三种是气，现在在呼吸就叫气。如何调息呢？要离风、离喘、离气，把风、喘、气调到变成息，调到不感觉呼吸的情况。息，非常重要，禅宗有个禅定的方法叫数息法，数自己的呼吸。所以要常注意自己的息，这会使我们养成专心的习惯。息要调到什么情况呢？经典里说要“不涩不滑，若存若亡”，好像有、好像没有。

如何调息？有两种方法，第一种方法是时常吸气吸到底，吐气吐到底。一般人气息不长，因吸气时很少吸到底，只吸到五分之一就吐出去，所以内在的气永远无法得到更新。吸到很饱满时，吐干净，第二天会发现身体好多了。特别是到森林或旷野，空气很好，吸气时吸到底，吐气时，吐到底。第二种方法是气存丹田，就是吸气时，吸到最内在的地方。

第五个叫调心，就是要使我们的心不沉不浮。其实我们可以感受到我们的心是沉没或是兴奋，例如，很颓丧、很无聊、很忧伤、无可奈何，这时心是沉没的。心沉没时怎么办呢？要将它提起，止于鼻端。若心轻浮时，要安心向下。这些讲起来都很简单，调饮食、调睡眠、调身、调息、调心都很简单，但这个世界的人都喜欢太复杂的东西，若最基本、最简单的东西可以做好，我们就可以使身体得到安顿、得到调柔。

身心安顿才能安顿国土

为什么要身心安顿呢？身心安顿有什么利益？第一个利益是身心安顿才能安住于善法，要修行进入善法，若身心在波动，如何进入善法呢？所以身体和心灵的健康都很重要。第二个是身心安顿才能安顿国土。我的身体就是我的国土，如果我的身心安顿了，我的国土就安顿了。《维摩诘经》讲到："心净则国土净。"心清净了，走到哪里，哪里就清净，所以清净的人不必害怕，你走到哪里，哪里就清净。止息身心的波动，就是止息灾祸，经典里说："息心就息灾。"身心得到彻底安顿的人，"耳不闻恶事之名，何况亲受"。如果得到完全的安顿，连耳朵里都不会听到坏的事，何况自己去受到坏的事。身心得到安顿，国土得到安顿，法界就得到安顿。第三个，身心安顿才能走向清净之路，身心若不安顿，则无法走向净土。这就是善导大师所说的，安心是走向净土的必要条件。

身心安顿的方法和过程都讲了，在过去一个半月有六场演讲，最后做个简单的结论，过去六场演讲中我们理解到，一个人要进入菩提道，要做一个智慧开启的人、做一个有慈悲胸怀的人、做一个有禅定人格的人、做一个因缘成就、生死自在、身心安顿的人，都是引用佛法，但根本之处是在讲人生的真实价值，也就是人处在这个世界的解救之道。在我的心目中，佛法是为了人生的希望而存在，若佛法无法落实到生活、对生命有益，佛法就没有存在的价值。所以学菩提道的人，应该真心真意地活在此世，过一种有创意的生活。因为我深信，佛性是人人本有的，它虽无法用语言、经过几场演讲来表达，但我们应该在生活或生命的每个事物里，反复地思维、修正和检查，来使我们整个人格趋向菩提道，来使我们整个生命态度趋向生命的实相。

最后，送宗演禅师的三个座右铭给各位，第一个座右铭是：活在这个世界的人应该“心热如火，眼冷似灰”。心里充满了热情，可是眼睛却像火的灰烬，那么冷静地观照这个世界。第二个座右铭是：“在人群里要有独处的心，在独处时要有人群的怀抱。”独处的心就是非常清明，不被人群所转动，在独处时常想到，这个世界有很多苦难的人、苦难的场景，我们若无法解脱，这个世界就没有终究的解脱。第三个座右铭是：“睡觉时好像死去，就好像太阳落入山谷，醒来时立刻跃起，就像朝阳冲出山谷。”意思是该放下的放下，该提起的提起。这六场演讲，其实只有两句话，该放下的放下，该提起的提起，来承担这个世界，来成就这个世界。